De Japanse tuin

Pieter Aspe

De Japanse tuin

Manteau

THRILLER

Standaard Uitgeverij nv, Mechelsesteenweg 203, B-2018 Antwerpen
www.manteau.be
info@manteau.be

Vertegenwoordiging in Nederland: Uitgeverij Unieboek BV, Houten – www.unieboek.nl

Eerste druk februari 2002
Derde druk september 2008

Omslagontwerp Wil Immink

ISBN 978 90 223 1729 7
D 2002/0034/111
NUR 330

Het water in de Kom aan de Kolenkaai was zwart en rimpelloos. Zwart omdat het nacht was, rimpelloos vanwege een flinterdun ijslaagje dat door de vrieskou snel in oppervlakte toenam, en langzaam dikker werd. Als Stijn Olaerts geen opvallende trui had gedragen en het die nacht harder had gevroren, had voor het licht werd waarschijnlijk niemand hem opgemerkt in het wak aan de voet van de kaaimuur. Niet dat het veel uitmaakte want hij was al meer dan een uur dood. Dat een meisje van zestien het lijk ontdekte toen ze dubbelgevouwen over de kaaimuur stond te kotsen, was puur toeval. Ze dacht eerst dat het een opengescheurde vuilniszak was die op het water dreef, maar toen ze de haarklissen, die half voor haar ogen hingen, naar achteren streek en een hoofd boven het ijslaagje uit zag steken, begon ze hartverscheurend te schreeuwen. Hoewel de dancing die ze net was uitgelopen heel dichtbij leek en er voortdurend jongelui op de parking rondhingen, reageerde niemand op het gekrijs. Zelfs toen het meisje hysterisch en armwiekend op een groepje fuifnummers afrende, duurde het een tijdje voor iemand haar verhaal ernstig nam en de politie belde.

Toen hoofdinspecteur Lies Rutten aan de Kom arriveerde, stonden tientallen mensen zich al te vergapen aan het dobberende lijk. De meesten waren jongeren die het nieuws op de dansvloer hadden vernomen, maar er waren ook buurtbewoners. Die waren op de politiesirenes afgekomen. Een eindje verder ondernamen twee brandweermannen een poging om een rubberbootje te water te laten. Lies Rutten parkeerde haar wagen in de berm, pakte haar mobieltje van de passagiersstoel en gooide het portier open. De vrieskou sneed door haar jasje en door de dunne stof van de jurk die ze eronder droeg.

'Sorry dat ik wat laat ben', zei ze toen Rudi Nelissen, een collega met wie ze bijzonder goed kon opschieten, haar tegemoet kwam gelopen.

'Te laat komen is een privilege van mooie vrouwen', lachte Nelissen. 'Maar voor mij hoefde je je niet speciaal op te tutten.'

'Ik kom van een feestje, Rudi. Je denkt toch niet dat ik thuis lange jurken draag.'

'Lange, diep uitgesneden jurken dan nog wel.'

Lies sloeg de revers van haar jasje om en frommelde ze met een hand bijeen.

'Is het zo goed?'

Op de plek van het onheil waren agenten druk bezig het terrein af te bakenen met plastic lint. De nieuwsgierigen werden kordaat wandelen gestuurd, en dat viel bij sommigen niet in goede aarde. Enkele heethoofden begonnen de agenten uit te schelden en schreeuwden dat België een politiestaat was. Hoewel de avondjurk haar niet veel autoriteit verleende, liep Lies kordaat op ze af. Ze pakte haar mobieltje en toetste een nummer in.

'Hallo centrale, met hoofdinspecteur Rutten', zei ze hard genoeg zodat iedereen in de buurt haar goed kon verstaan. 'Stuur onmiddellijk twintig man versterking. Ik wil dat iedereen die weigert de perimeter te verlaten onmiddellijk wordt opgepakt en op het bureau verhoord. Is dat begrepen?'

Ze verbrak de verbinding en keek de rebellerende jongeren uitdagend aan.

'Jullie hebben twee minuten de tijd om op te krassen, heren. Tenzij jullie de rest van de nacht in de cel willen doorbrengen.'

De aanpak was succesvol. De heethoofden dropen af.

'Sinds wanneer beschikken wij 's nachts over reservetroepen?' vroeg Nelissen met een monkellachje.

'Geen idee', zei Lies Rutten. 'Ik heb gewoon mijn antwoordapparaat gebeld.'

Het kostte de brandweer enige moeite om het bootje te water te laten, maar toen dat eenmaal was gelukt, duurde het amper vijf minuten voor ze het lichaam van de drenkeling hadden geborgen. Het was een jonge man. Lies schatte hem een jaar of vijfentwintig. Hij was blond, had een slank postuur en twee piercings in het linkeroor.

'Wat denk je?' vroeg Nelissen.

'Ik vind het jammer.'

'Dat weet ik, maar...'

'Misschien was het een ongeluk', onderbrak Lies toen ze merkte dat Nelissen tranen in de ogen kreeg. Twee jaar geleden had zijn enige zoon zelfmoord gepleegd door middel van een overdosis. Sindsdien was Nelissen ervan overtuigd dat alle jongeren die in verdachte omstandigheden stierven aan de drugs hadden gezeten.

'Heb je zijn kleren goed bekeken, Lies?'

Drugsverslaafden liepen meestal slordig gekleed rond. De blonde jongen die ze net uit de Kom hadden gevist, droeg een gele trui die vol gaten zat, een smerige broek en afgetrapte sportschoenen.

'Ik vind dat we de resultaten van de autopsie moeten afwachten, Rudi.'

Ze legde haar arm om zijn schouder en drukte zich tegen hem aan, een troostend gebaar dat ook haar een beetje warmte verschafte, want Rudi droeg een dikke, gewatteerde jas.

'Kom', zei ze tegen hem. 'Laten we even naar de jongen gaan kijken.'

'Hij heet waarschijnlijk Stijn Olaerts', zei de agent die het lijk gefouilleerd had, toen Lies Rutten naar de identiteit van het slachtoffer informeerde.

'Wat bedoel je met "waarschijnlijk"?'

‘Hij had alleen een lidkaart van de provinciale bibliotheek op zak’, zei de agent. ‘Ik heb zijn naam in de computer ingevoerd.’

‘En?’

‘Huidig adres onbekend.’

‘Familie?’

De agent wierp een veelbetekenende blik op zijn horloge. Het was vijf voor drie. Lies Rutten knikte. Alle Olaertsen in het holst van de nacht bellen en hen een voor een vragen of Stijn familie van hen was, leek haar ook niet meteen de beste aanpak.

‘Misschien kunnen we een paar polaroids maken en die aan de bezoekers van de dancing laten zien’, stelde Nelissen voor. ‘Wie weet herkent iemand hem.’

‘Prima idee.’

Lies Rutten klappertandde. Er was de afgelopen vijf minuten een schrale oostenwind komen opzetten, en die zoog het laatste greintje warmte uit haar lijf. Ze trok haar schouders op, kruiste haar armen en drukte haar ellebogen tegen de onderkant van haar ribbenkast. Ze had een moord begaan voor een hete kop koffie.

‘En toch blijf je er stralend uitzien’, grinnikte Nelissen toen Lies Rutten dezelfde ochtend om een uur of negen warm ingeduffeld en niezend het kantoor binnenkwam.

‘Lâ me toch met rust, Rudi.’

‘Koffie?’

'Graag.'

Lies trok haar jas uit, liep rillend naar de radiator en ging erop zitten.

'Je had in bed moeten blijven.'

'Ik voel me prima.'

'Ja, da zal wel.'

Op haar bureau lag een stapel pv's. Ze hoefde ze niet door te nemen om te weten wat erin stond. Het verhoor van de klanten van de dancing had niets opgeleverd. Niemand kende Stijn Olaerts. Vreemd was dat, want Hasselt was een kleine stad. Jongeren die regelmatig uitgingen, trokken meestal met elkaar op. Lies dacht aan de ouders van Stijn. Hoe zouden zij reageren als ze straks te horen zouden krijgen dat hun zoon dood was?

'Misschien is hij niet van Hasselt', zei Nelissen, die haar gedachten leek te raden.

Lies snufte, griste een pakje zakdoeken uit haar handtas en snoot uitgebreid haar neus.

'Waarom had hij dan een lidkaart van de bibliotheek op zak?'

De telefoon rinkelde. Lies sprong van de radiator en nam de hoorn op. Het was de wetsdokter.

'Stijn had 2.9 promille alcohol in zijn bloed', zei ze toen het gesprek afgelopen was. 'Doodsoorzaak: verdrinking.'

'Daarvoor moet je heel wat drinken', zei Nelissen.

Hij schonk de koffie in en reikte zijn overste een kopje aan.

'Dat geloof ik grif', zei Lies neutraal.

Het was een pijnlijk onderwerp. Na de dood van zijn zoon was Nelissen beginnen te drinken en het had niet veel gescheeld of hij was eraan ten onder gegaan. Op advies (of was het een bevel) van de hoofdcommissaris was hij lid geworden van de AA-club, maar het was van kwaad tot erger gegaan. Nelissen verscheen steeds vaker dronken op het politiebureau en na verloop van tijd lieten ook zijn beste vrienden hem links liggen, behalve Lies Rutten. Tientallen uren had ze op hem ingepraat, nachtenlang als het moest, tot hij uiteindelijk de fles had afgezworen. Sindsdien vormden ze een hecht team, zo hecht dat kwatongen beweerden dat ze iets met elkaar hadden.

'Tot nu toe heeft er nog niemand naar de jongen geïnformeerd', zei Nelissen. 'Wat doen we?'

Lies nam een slokje van haar koffie. Jongeren gingen tegenwoordig vaak dagen en nachten na elkaar uit zonder dat hun ouders zich daarover nog zorgen maakten.

'Zonder geld loopt een mens niet ver', zei ze.

'Was het wel een ongeluk?'

'Moord?'

'Wie weet', zei Nelissen.

Afrekeningen in het milieu, het kwam niet vaak voor in Hasselt, maar het gebeurde.

'Ik stel voor dat we eerst een kijkje gaan nemen in de bibliotheek', zei Lies. 'Komen we er tenminste achter welk adres Olaerts heeft opgegeven.'

'De hoofdbibliothecaris heeft vandaag vrij, mevrouw', zei de baliebediende, toen Lies Rutten het meisje haar politiekaart liet zien. 'Zonder zijn toestemming kan ik u de gevraagde gegevens niet meedelen.'

Ze sloeg haar ogen neer. De 'ouwe' was heel strikt als het om de privacy van de leden ging.

Lies Rutten knikte. Voor ze bij de politie in dienst was gegaan, had ze een tijdje bij het ministerie van Financiën gewerkt. Ze wist hoe ze al te plichtgetrouwe ambtenaren moest aanpakken.

'Neem dan contact op met zijn plaatsvervanger', zei ze geduldig. 'Of hebt u daarvoor ook iemands toestemming nodig?'

'Meneer Swennen is in vergadering', repliceerde het meisje achter de balie gepikeerd. 'Ik...'

'Moet u eens goed naar me luisteren, meid. Dat u en uw superieuren begaan zijn met de privacy van de burger is lovenswaardig, maar...'

Nelissen spitste zijn oren. Lies had een zachtaardig karakter, maar als ze iemand de mantel uitveegde, deed ze het grondig en genadeloos, dat had hij destijds aan den lijve ondervonden.

'... Zegt u dat maar aan meneer Swennen.'

Lies wees naar het telefoontoestel dat achter de balie stond en produceerde een minzame glimlach.

Raf Swennen, archivaris en tijdelijk plaatsvervanger van de hoofdbibliothecaris, ontving hen twee minuten later in zijn kantoor op de tweede verdieping.

Hij leek op het eerste gezicht een aardige man, een indruk die nog werd versterkt door een vlassige baard die hem het air van een goedaardige kabouter bezorgde. Zijn wat verstrooide manier van doen paste volledig bij het beeld dat mensen van een archivaris hebben. Bovendien rook hij naar oud papier en bestofte boeken.

'Excuseert u mij voor de botte ontvangst die u te beurt is gevallen, mevrouw de hoofdinspecteur. Elsje werkt hier pas een week. U weet hoe dat gaat. Ze is doodsbang om iets verkeerds te doen. Gaat u toch zitten. Kan ik u iets te drinken aanbieden? Een kopje koffie. Of iets sterkers?'

'Een kop koffie is oké', zei Lies.

Zoals het een goed archivaris past, lag het kantoor volgestouwd met stapels vergeelde documenten, oude kranten en bundels in kartonnen mappen. Op de vensterbank stond een collectie antieke flessen.

'Ik laat het adres van meneer Olaerts meteen voor u opzoeken', zei de archivaris.

Hoewel er in het kantoor een pc stond, belastte hij een ondergeschikte met de klus. Daarna liep hij naar de keuken waar, zo zei hij trots, de hele dag gratis koffie te verkrijgen was.

'De techniek staat voor niets', zei Nelissen toen de archivaris de deur achter zich had dichtgetrokken.

'Wat bedoel je daarmee?'

'Computers', zei Nelissen. 'Iedereen heeft er een, maar...'

Ze lachten. Lies ging bij de radiator staan en legde haar handen op het warme metaal.

'Heb je een foto van Olaerts bij je?'

'Wat dacht je?'

Nelissen haalde een van de polaroids die ze vannacht van het slachtoffer hadden genomen uit zijn binnenzak. De kans dat iemand van het personeel Olaerts herkende was klein want de bibliotheek telde meer dan twintigduizend leden, van wie het merendeel de geleende boeken zelf inscande. Lies nam de foto aan en bekeek ze aandachtig. De dode ogen die recht in de lens keken, deden haar huiveren.

'Vreemde kerel. Vind je niet?'

'Wie?'

'Swen...'

Ze slikte de rest van de naam in toen de archivaris onverwacht binnenkwam. Hij torste een dienblad met daarop een forse thermoskan, drie koppen, suiker, melk en een schaaltje met koekjes. Lies wachtte tot hij de last had neergezet en reikte hem de foto aan.

'Misschien kent u hem', zei ze niet erg overtuigend.

Was het haar verbeelding of schrok de archivaris toen hij de foto onder ogen kreeg? Nelissen fronste zijn voorhoofd. Had hij het ook gemerkt? Lies keek de archivaris doordringend aan. Het zou niet de eerste keer zijn dat ze een zaak oploste door op haar intuïtie af te gaan.

'Nee, nooit gezien.'

De archivaris wilde haar de foto teruggeven.

'Bekijkt u ze nog maar eens rustig, meneer Swennen.'

'Waarom zou ik?'

'U kent hem dus niet?'

'Dat heb ik toch net gezegd.'

Hij gaf haar de foto terug en ontfermde zich over de koffie. Er werd geklopt. Een jonge man met een hip brilletje stak zijn hoofd naar binnen, grijnsde en zwaaide met een papiertje. Lies durfde Nelissen niet aan te kijken. Straks maakte hij weer een opmerking over computers en de tijdwinst die ze opleverden. Ze klemde haar kaken opeen en zei: 'Dat was snel, meneer Swennen', toen hij haar het papiertje aanreikte waarop niet alleen het adres van Stijn Olaerts stond, maar waarop ook de boeken stonden vermeld die hij de voorbije drie maanden had geleend, elf in totaal. Allemaal misdaadromans.

'Moet iemand die lid wil worden zijn identiteitskaart tonen?'

'Natuurlijk.'

'Zonder uitzondering?'

'Waarom vraagt u dat?'

Raf Swennen pulkte zenuwachtig aan zijn baard.

'Omdat de flatgebouwen aan het Torenplein al een tijdje leegstaan. Voorzover ik weet woont daar niemand. Toch niet officieel.'

Het was een publiek geheim dat in de buurt van het Torenplein drugs werden gedeald en dat sommige gebruikers in de leegstaande gebouwen een onderkomen hadden gevonden.

‘Tja.’

Swennen pulkte weer aan zijn baard.

‘U weet het niet zeker?’

‘Ik doe geen baliewerk, mevrouw de hoofdinspecteur.’

‘Het zou dus kunnen dat de identiteitskaart niet wordt gevraagd?’

Het was nu niet het moment om te zeggen dat de provinciale en de stedelijke bibliotheek van Hasselt elkaar leden probeerden af te snoepen en dat daarom wel eens een oogje werd dichtgeknepen.

‘Alles kan’, zei Swennen.

Het duurde anderhalf uur voor Lies Rutten van de onderzoeksrechter de toestemming kreeg om de twee flatgebouwen aan het Torenplein te doorzoeken. Van die tijd had ze gebruik gemaakt om alle personeelsleden van de bibliotheek met de foto van Stijn Olaerts te confronteren. Zonder resultaat. Niemand herkende hem, tenminste dat durfde niemand met zekerheid te verklaren.

‘Zorg voor een extra man’, zei ze tegen Nelissen. ‘En laat hem aan de ingang van de bibliotheek postvatten. Ik wil dat hij iedere bezoeker de foto laat zien.’

‘Mag het ook een extra vrouw zijn?’

‘Doe niet flauw, Rudi.’

Ze liepen naar de ondergrondse parking aan het Kolonel Dusartplein. Lies was in gedachten verzonken. De reactie van de archivaris toen ze hem de foto van Stijn Olaerts had laten zien, zat haar dwars.

'De man intrigeert me', zei ze toen ze in de auto stapten.

'Swennen?'

'Wie anders?'

Nelissen had zich de voorbije maanden op het leven en werk van Socrates toegelegd en daarvan één ding opgestoken: namelijk dat het belangrijker was vragen te stellen dan antwoorden te verzinnen.

'Ik doe meteen het nodige', zei hij met een monkellachje toen Lies hem met gespeelde verontwaardiging aankeek.

Hij startte de motor, zette de verwarming in de hoogste stand en reed de parking uit.

Over het plein hingen donkere wolken die sneeuw met zich meedroegen. Zouden ze dan toch een witte kerst krijgen?

Leegstaande panden ruiken naar schimmel en verderf, daar kan zelfs de vrieskou niets aan veranderen. Toen een slotenmaker de voordeur van het flatgebouw openduwde, kwam de stank van verval hen tegemoet. Lies trok haar schouders op en volgde Nelissen naar binnen.

'Waarom wil je per se alles zelf doen?' vroeg hij. 'We beschikken over voldoende manschappen om...'

'Daarom, Rudi.'

Ze zette haar kraag op en baande zich een weg door de troep waarmee de vloer in de hal was bezaaid. Hoewel ze voortdurend rilde, was haar voorhoofd nat van het zweet, haar mond droog en haar benen voelden aan als rubber. Als ze op die manier doorging, was de kans groot dat ze de feestdagen in bed zou doorbrengen en dat zou Wim, haar vriend, niet leuk vinden. Hoeveel keer had hij haar al niet gezegd dat ze naar een andere baan moest uitkijken? Ze was de tel kwijtgeraakt. Terwijl ze de trappen naar de eerste verdieping opliep, kreeg Lies een visioen van een knus kantoor waar je rustig je krant kon lezen, om tien uur koffie drinken en even voor de middag ook soep, en waar je tussendoor gezellig met collega's kon kletsen over de banale dingen des levens. Ambtenaren en onthaasting: het waren bijna synoniemen. Het zal wel aan de koorts liggen, dacht Lies verbeten toen ze zich erop betrapte dat ze in clichés begon te hallucineren. Straks droomde ze nog van de hemel waar engelen rijstpap aten met gouden lepels. Met dat soort verhalen had haar grootmoeder haar destijds in slaap gewiegd. Ze voelde zich plotseling heel licht worden alsof ze zweefde. De koude week voor de zon. Op een breed strand lagen schaarsgeklede mensen te zonnen. Slanke obers in strakke zwembroekjes zeulden ijskoude cocktails aan. Ze hoorde de golven ruisen in haar oren. Toen werd het plotseling inktzwart voor haar ogen.

'Liesje, Liesje. Wat overkomt je toch?'

Nelissen kon amper beletten dat ze achterover viel. Hij sleurde haar de laatste trappen op, legde haar voorzichtig op de koude vloer van de overloop, trok zijn jas uit en bedekte haar ermee. Daarna boog hij zich over haar heen en nam haar pols.

'Nog een geluk dat je haar kon opvangen', zei een collega toen Nelissen hem wanhopig aankeek.

'Sta daar toch niet te staren, man. Bel als de bliksem een ambulance.'

Lag het aan zijn verkleumde vingers dat hij niets voelde of was haar echt iets verschrikkelijks overkomen? Hij pakte haar andere pols beet. Niets. Toen trok hij de jas van haar weg en drukte zijn oor tegen haar borst.

'De ambulance is onderweg', zei de collega die de hulpdiensten had gebeld.

Nelissen hief het hoofd op. Hoewel zijn gezicht asgrauw was, knikte hij bemoedigend. Onder de dikke lagen winterkledij had hij een hart horen kloppen. Net toen hij zijn collega het goede nieuws wilde meedelen, hoorde hij het geloei van een sirene. Nog geen twee minuten later lag Lies op een brancard onder een isolerende deken. Ze was weer bij bewustzijn en glimlachte naar Nelissen.

'Je hoeft je geen zorgen te maken, Rudi', zei ze zwakjes. 'Mij mankeert niets.'

Nelissen kreeg er tranen van in de ogen. Hij boog zich voorover en zoende haar op het voorhoofd. Het kon hem niet schelen wat de collega's ervan dachten.

'Hou je sterk, meid', zei hij.

Toen de ambulance met tollend zwaailicht wegreed, liep Nelissen naar de dichtstbijzijnde kroeg, ging aan een tafeltje achter in de zaak zitten en wachtte geduldig af tot de ober hem kwam vragen wat hij wilde drinken.

'Heb je weer geld nodig?'

Helena Bijnens schudde het hoofd en beet vertwijfeld op haar onderlip.

'Nee, meneer', zei ze. 'Het gaat om Stijn.'

'Wat is er met hem?'

'Hij is dood, meneer.'

Rob Schepers, voorzitter van de raad van bestuur van de GIM, de Gewestelijke Investeringsmaatschappij, bekeek de jonge vrouw die voor hem zat met een meewarige blik.

'Ik heb je toch gezegd dat je me hier nooit mocht komen opzoeken', zei hij streng. 'Of ben je dat al vergeten?'

Helena rechtte haar schouders en keek de man die van haar moeder een hoer had gemaakt wanhopig aan.

'Ik doe het niet voor mezelf', zei ze.

'Hoeveel wil je dit keer?'

'Ik wil geen geld. Dat heb ik u net gezegd.'

Schepers klemde zijn kaken op elkaar. Dat het meisje hem was komen opzoeken tot daaraan toe, maar ze moest wel beleefd blijven. Zijn koude ogen tastten haar lichaam af dat er ondanks al die jaren van ontbering nog best aantrekkelijk uitzag.

'Wat wil je dan wel?'

'Gerechtigheid.'

Helena liet met opzet het woord 'meneer' weg. Stijn had de afgelopen maanden naar bewijsmateriaal gezocht dat Schepers en de anderen de das kon omdoen. Het was duidelijk dat ze daar achter waren gekomen en dat ze hem om die reden uit de weg hadden geruimd.

'Gerechtigheid', herhaalde Schepers schamper.

Helena begon te beven. Ze had dringend een shot nodig. Eén woord van haar was voldoende om hem in zijn beurs te doen tasten. Dat deed hij steevast als ze in nood zat.

'Ik heb Stijn verteld hoe hij jullie te pakken kon krijgen', zei ze dapper.

'Lieve Helena.'

Schepers kwam achter zijn bureau vandaan en maakte aanstalten om zijn arm om haar schouder te leggen. Hij probeerde zich Helena voor te stellen in een vijvergrote jacuzzi, haar jonge borsten bedekt met welriekend schuim, met glanzende dijen en een vranke, onbeschaamde blik die bij oudere mannen duivels ontketent.

'Laat me godverdomme met rust.'

Helena sloeg de arm af met een krachteloos gebaar. Toen begon ze te snikken.

'Ik wilde je alleen maar helpen, meid.'

Schepers monsterde het rillende hoopje mens dat ineengedoken voor hem zat. Hij was er zeker van dat ze met een briefje van vijfhonderd genoegen zou nemen. Eigenlijk mocht ze blij zijn dat hij de politie niet belde.

Ziekenhuizen bezorgden Nelissen de kriebels. Hij kwam er zelden en altijd tegen zijn zin. Eén beeld bleef hem steeds achtervolgen, dat van een krijsende jongen die aan handen en voeten gebonden om hulp smeekte en die, nadat hij het vertrouwen van het verplegend personeel had weten te winnen, van de vierde verdieping naar beneden was gesprongen. Nelissen dacht aan zijn zoon, die ondanks een snelle interventie van de hulpdiensten op het asfalt was doodgebloed. Hij begreep niet dat mensen hier konden gedijen.

'Bent u de vriend van mevrouw Rutten?'

Een meisje van een jaar of twintig in een strak verpleegstersuniform keek hem met een brede glimlach aan.

'Hoe maakt mevrouw Rutten het?'

'Fijn.'

'Kan ik haar bezoeken?'

'Natuurlijk. Ze ligt op kamer 316.'

'Dank u.'

'In ieder geval proficiat, meneer Rutten', zei het meisje.

Nog voor Nelissen kon zeggen dat hij meneer Rutten niet was, kwam ze dichter bij hem staan. Haar ogen glansden ondeugend.

'U weet toch dat uw vriendin zwanger is?' zei ze op een toontje van waarom-weten-mannen-dat-nooit.

'Zwanger?'

Nelissen trok een ongelovig gezicht. Lies had hem een tijdje geleden nog verteld dat haar vriend niet stond te springen om op zijn leeftijd nog kinderen te krijgen. Hij was tweeënveertig en zij achtendertig. Ze hadden net een huis gekocht en een tweede wagen.

'U bent toch meneer Rutten?'

'Is dat een voorwaarde om haar te mogen bezoeken?'

'Natuurlijk niet', zei de jonge verpleegkundige.

Ze draaide zich om en maakte zich haastig uit de voeten. Nelissen slaakte een diepe zucht en beende naar kamer 316. Hij had een hectische middag achter de rug. De flatgebouwen aan het Torenplein waren wel degelijk bewoond. Druggebruikers hadden een aantal appartementen gekraakt. De politie had hen allemaal opgepakt en hen voor ondervraging naar het commissariaat afgevoerd, maar tot nu toe was het nog onduidelijk in welke flat Olaerts een onderkomen had gevonden.

'Ben jij het?'

Lies Rutten draaide zich op haar zij. Hoewel ze glimlachte, kon ze niet verbergen dat ze iemand anders had verwacht. De dokter van het medisch urgentieteam had haar nochtans beloofd dat hij Wim zou bellen, maar die was niet komen opdagen.

'Wat is je in godsnaam overkomen, Liesje?'

Nelissen zag nog altijd bleek. Om zijn mond lag een bezorgde trek.

'Niets bijzonders, Rudi. Ik heb gewoon een appelflauwte gehad. Volgens de dokter eet ik te weinig en werk ik te hard. Daar zal ik iets aan moeten doen, heeft hij gezegd. Zeker nu ik...'

'Ik heb het nieuws pas vernomen', onderbrak Nelissen haar opgewonden. 'Proficiat.'

Hij boog zich voorover en gaf haar een zoen. Daarna ging hij zitten, op een gemakkelijke stoel die daar voor bezoekers was neergezet en die zoals in de meeste ziekenhuizen kil en ongezellig aanvoelde. Of verbeeldde hij zich dat maar? Lies Rutten ging weer op haar rug liggen. Wat moest ze zeggen? Dat ze het rot vond dat zijn adem naar alcohol rook.

'We hebben acht krakers opgepakt', zei Nelissen toen de stilte hem een onbehaaglijk gevoel gaf. 'De verhoren van de verdachten zijn nog volop aan de gang.'

'Is dat alles wat je te melden hebt?'

Nelissen wriemelde met zijn handen. Hij had twee jenevers gedronken. Wie kon hem dat kwalijk nemen? Twee jenevers. Besefte ze dan niet dat hij vroeger in gelijkaardige omstandigheden twee flessen leegzoop?

'Had ik geweten dat...'

'Bespaar me de onzin, Rudi.'

Lies draaide zich weer op haar zij en keek hem woedend aan. Ze was zwanger van een man die geen kinderen wenste en het zieltje dat ze meende gered te hebben, was bij de minste bekoring weer in de fout gegaan.

'Ik dacht dat je een infarct had gekregen', zei Nelissen terneergeslagen.

'So what?'

'Het spijt me.'

'Met spijt alleen kom je er niet. Tenminste als je...'

Lies Rutten was net als Nelissen katholiek opgevoed en hoewel het jaren geleden was dat ze nog een voet in een kerk had gezet en ze zich zelden tot de Allerhoogste wendde, vond ze dat iemand een schuldgevoel aanpraten best helend kon werken want alcoholisten met het vingertje wijzen bracht alleen maar ellende met zich mee. Je moest ze op hun verantwoordelijkheden wijzen.

'Het kind heeft een peter nodig', zei ze. 'Iemand die niet bij de minste tegenslag naar de fles grijpt.'

'Je denkt toch niet dat ik...'

'Toch wel, Rudi.'

Buiten begon het te sneeuwen. Dikke vlokken zeilden langs het raam naar beneden en dempten de stadsgeluiden op een bijzonder aangename manier. Lies keek naar buiten. Hoeveel ervan zouden sterven voor ze de grond raakten? dacht ze melancholisch. Het werd donker in de ziekenhuiskamer ondanks de witte neerslag.

'Twee krakers hebben Stijn Olaerts op de foto's herkend', zei Nelissen na een poos.

Dat Lies hem had gevraagd het peterschap van haar nog ongeboren kind op zich te nemen, bracht hem in de war, niet omdat hij het niet wilde maar vanwege de prijs die ze ervoor aanrekende.

'Naar verluidt hokte hij samen met een meisje van een jaar of achttien, een zekere Helena Bijnens.'

'Heb je haar kunnen opsporen?'

'Nog niet.'

Nelissen had een patrouille de opdracht gegeven de gebouwen aan het Torenplein in het oog te houden en uit te kijken naar het meisje.

'Te druk, zeker?'

Lies kon hard zijn voor degenen van wie ze hield. Nelissen nam het haar niet kwalijk omdat hij wist welke last ze op haar schouders torste.

'Ik ben wel een en ander te weten gekomen over Raf Swennen', zei hij.

'Toch niet in een café?'

Nelissen negeerde het sarcasme.

'De man is oriëntalist van opleiding', zei hij.

'Is dat relevant?'

'Op zich niet, Lies.'

Twaalf jaar geleden, toen de provincie Limburg nog in een economische impasse verkeerde, hadden een aantal zakenlui en politici de handen in elkaar geslagen en een denktank opgericht met het doel creatieve oplossingen te bedenken voor de malaise die na de sluiting van de steenkolenmijnen was ontstaan. De vele miljarden die de federale regering in diverse prestigieuze projecten had gepompt, waren immers opgesoupeerd of ze waren verdwenen in de zakken van malafide speculanten. Creativiteit was het enige kapitaal waarover de Limburgers nog beschikten.

'Je kent Schepers toch?'

'En of ik hem ken.'

Lies keek Nelissen strijdlustig aan. Toen ze destijds bij de politie solliciteerde, had Schepers al zijn invloed aangewend om haar kandidatuur te dwarsbomen.

'Dan weet je ook dat hij destijds Japanse bedrijven naar Hasselt heeft proberen te lokken.'

Op het eind van de jaren tachtig had Schepers verscheidene handelsdelegaties geleid naar het land van de rijzende zon, snoepreisjes eigenlijk waaruit nooit een concreet resultaat was voortgekomen, behalve het feit dat hij het stadsbestuur van Hasselt ervan had weten te overtuigen een Japanse tuin aan te leggen, zogezegd opdat de toekomstige investeerders zich een beetje thuis zouden voelen in het verre Vlaanderen.

'Heeft Swennen getolkt?'

Nelissen knikte.

'En hij is kort daarna bij geheime stemming tot archivaris van de bibliotheek benoemd.'

'Je denkt dus dat hij iets weet dat wij niet weten?'

'Zwangere vrouwen worden niet alleen mooier, ze winnen ook aan intelligentie', glimlachte Nelissen.

'Niet slijmen, Rudi.'

'Mea culpa, mevrouw Rutten.'

Lies aaide onwillekeurig haar buik. Drie dagen voor Kerstmis vernemen dat je zwanger bent, het heeft toch iets. Ze was benieuwd hoe Wim op het nieuws zou reageren. Ze keek door het raam naar buiten en probeerde één van de neerdwarrelende vlokken te volgen. Wie weet maakte een witte kerst de mensen een beetje minder hardvochtig en onverdraagzaam?

'Je hoeft je helemaal niet schuldig te voelen, Rudi.' Het klonk een beetje melodramatisch, maar ze meende wat ze zei. 'Morgen gaan we er samen weer tegenaan.'

'Morgen?'

'Wat dacht je? Ik ben toch niet ziek.'

'Nee, je bent niet ziek', zei Nelissen.

'Dan zien we elkaar morgen.'

Toen de gebroeders Wright het vliegtuig uitvonden, hadden ze wellicht nooit kunnen vermoeden dat er zich na hun geslaagd experiment nog mensen geroepen zouden voelen om op eigen kracht het luchtruim te doorklieven. Helena Bijnens fladderde even als een dor herfstblad tussen de sneeuwvlokken en viel daarna als een baksteen naar beneden.

'Ik dacht dat je een patrouille de opdracht had gegeven een oogje in het zeil te houden', zei Lies toen het geknakte lichaam van het meisje op een brancard werd afgevoerd.

Achter de dranghekken, die inderhaast om de plek des onheils waren neergezet, verdrong zich een menigte op sensatie beluste kijklustigen. De kritiek was niet mals. Waarom hadden de autoriteiten deze toestand zo lang gedoogd? Iedereen wist toch dat de leegstaande flatgebouwen op het Torenplein drugsverslaafden aantrokken. Waarom moesten er eerst doden vallen voor de politie iets ondernam?

'Er zijn vannacht problemen geweest in de binnenstad', zei Nelissen. 'De officier met wachtdienst heeft alle beschikbare manschappen daarheen gestuurd.'

'Verdomme.'

Lies Rutten stampvoette in de sneeuw. Het kon toch niet dat het meisje met wie Stijn Olaerts samenhokte vierentwintig uur na de dood van haar vriend zelfmoord had gepleegd?

'Is iemand er ondertussen achter gekomen waar ze woonden?'

'Als ik de krakers mag geloven, hadden ze een flatje op de vierde verdieping ingepalmd.'

'En?'

'De technische recherche is nog volop bezig met het sporenonderzoek.'

Lies stopte haar handen onder haar oksels en begon oppervlakkig te ademen. Ze had het koud, en ze was nog altijd zenuwachtig vanwege de scène die ze gisteravond had gemaakt. Dat Wim zich uitgebreid had verontschuldigd voor het feit dat hij haar niet in het ziekenhuis was komen bezoeken – de dokter die hem had gebeld, had gezegd dat hij zich geen zorgen hoefde te maken over haar – had het alleen nog erger gemaakt. De waarheid was dat Wim (hij werkte bij de regionale televisieomroep) op het moment dat hij vernomen had dat zij naar het ziekenhuis was overgebracht, Steve Stevaert aan het interviewen was over diens meest recente geesteskind: de oprichting van een fonds waarop alle burgers een beroep konden doen als ze vonden dat politici hun beloften niet nakwamen. Dat had hij pas later toegegeven toen ze tegen hem was uitgevaren.

'Ze had toch geen kaart van de bibliotheek op zak?' zei Lies schamper.

'Nee', zei Nelissen. 'Alleen een briefje van vijfhonderd.'

'Zijn er spuiten gevonden?'

'Ik denk het wel', zei Nelissen.

Achter de dranghekken stond een man van een jaar of vijfenzestig. Hij droeg een geruite pet en een donkergroene loden jas. Op een afstand zag hij er een beetje uit als een Engelse landheer, compleet met knevel en bakkebaarden. In zijn binnenste huilde hij om het meisje dat een halfuur geleden van het dak van het appartementsgebouw was gesprongen.

De flat op de vierde verdieping bood een troosteloze aanblik. Op de betonnen vloer lag een groezelig matras. Daarnaast stond een halfbevroren fles melk. De stank, een mengeling van rottend organisch afval en ammoniak sneed de adem af, ondanks de vrieskou. Lies ging in het midden van de kamer staan en keek om zich heen. Iemand van de technische recherche verzamelde de spuiten en stopte ze in een plastic zak.

'Wist iemand hiervan?'

Nelissen haalde zijn schouders op.
'Hasselt is een kleine stad, Lies.'
'Wat bedoel je daarmee? Dat ik het had moeten weten?'
Ze maakte zich kwaad omdat Nelissen de indruk gaf dat zij hiervoor verantwoordelijk was.
'Dat heb ik niet gezegd.'
'Nee, dat heb je niet gezegd.'
Vanochtend had Wim met een lauwe zoen afscheid van haar genomen alsof hij vermoedde dat ze iets voor hem had verzwegen. Ze kon het hem niet kwalijk nemen, want toen ze elkaar vier jaar geleden leerden kennen, hadden ze afgesproken dat hun relatie kinderloos zou blijven. Wim was begaan met de grote problemen waarmee de planeet worstelde: het milieu, de overbevolking, de gapende kloof tussen armen en rijken, de globalisering van de economie, het oprukkende fascisme. Hij piekerde over alles wat in de wereld mis dreigde te gaan. Zich in die omstandigheden voortplanten leek hem bijgevolg onverstandig. Lies bukte zich plotseling en raapte een envelop van de vloer op. Nelissen had niet helemaal ongelijk, dacht ze terwijl ze het handschrift op de envelop bestudeerde. Iedereen, de hoofdcommissaris inclusief, wist wat er in de gebouwen aan het Torenplein gebeurde, maar niemand deed de moeite om er iets aan te doen.
'Heb je iets gevonden?'
Nelissen kwam naast haar staan.
'Aan de heer en mevrouw Verdonk, Martelarenlaan 13,

Hasselt', las hij. 'Is dat niet het rusthuis tegenover de bibliotheek?'

Lies knikte. De envelop was leeg, er zat geen postzegel op en er stond geen afzender op, maar ze was behoorlijk schoon. Lang kon de envelop hier nog niet rondslingeren want de vloer was smerig.

'Zal ik er iemand naartoe sturen?'

'Nee, Rudi. Dit handel ik persoonlijk af.'

Haar stem klonk een beetje aangeslagen.

'Scheelt je iets?'

Lies haalde haar schouders op. De naam Verdonk bezorgde haar een wrang gevoel.

'Ik heb vroeger iemand gekend die Verdonk heette', zei ze.

'Een vriendin?'

'Niet echt.'

Nelissen fronste zijn voorhoofd. Hij kon zich niet voorstellen dat Lies vijanden had.

'Ze heette Anja. Vijftien jaar geleden is ze op een beestachtige manier vermoord.'

'Toch niet in Hasselt?'

'Nee, in Brussel.'

'Is dat geen vreemd toeval?'

'Waarom zeg je dat?'

Lies reageerde scherper dan ze het bedoelde. De envelop met de naam Verdonk zat haar niet lekker. Na al die jaren kreeg ze nog altijd kippenvel toen ze aan de foto's dacht die de politie haar destijds had laten zien, gruwelijke beelden van een lichaam dat zo verhakkeld was dat je er amper uit kon opmaken of het om een man of een vrouw ging. Hoewel de moord op Anja heel wat deining had veroorzaakt, was de moordenaar nooit gevonden. Een Franstalige journalist had in een artikel zelfs gesuggereerd dat de zaak in de doofpot was gestopt omdat er mensen uit de hogere kringen bij betrokken waren. 'Parce que la justice n'aime pas les puts', had hij geschreven toen het onderzoek na drie dagen werd stopgezet.

'Omdat je haar kende', zei Nelissen, die niet begreep waarom Lies plotseling zo afstandelijk deed.

'Ik heb geen zin om erover te praten, Rudi. Het verleden is het verleden. Laten we ons in vredesnaam met hedendaagse problemen bezighouden.'

Het klonk een beetje beschuldigend.

Mensen die in het Katharinadal Rusthuis verbleven, konden over één ding niet klagen, namelijk dat de bibliotheek te ver was. Zij die een kamer aan de voorkant betrokken, konden er zo binnenkijken. Nelissen parkeerde de politiewagen aan het jenevermuseum, slaakte een diepe zucht toen hij een groepje senioren het glas zag heffen achter het raam van de gelagzaal die daar onvermijdelijk bij hoorde en haastte zich naar Lies, die vijf seconden eerder was uitgestapt en snel in de richting van het rusthuis beende. Wat bezielde haar toch? Waarom had ze hem vroeger tijdens hun eindeloze nachtelijke gesprekken nooit iets over de vreselijke moord verteld? Was ze bang voor iets? Nelissen zette een sukkeldrafje in. Hij was benieuwd naar wat meneer en mevrouw Verdonk zouden verklaren.

Het interieur van de flat oogde modern. Hetzelfde gold voor meneer en mevrouw Verdonk. Hij was sportief gekleed en zij eigentijds gekapt. Geen blauwe spoeling of permanent, maar kort steil haar met een tintje rood. Ze zag er amper vijftig uit.

'Gaat u toch zitten', zei mevrouw Verdonk toen Lies zichzelf en Nelissen had voorgesteld. 'Kopje koffie?'

'Graag', lachte Lies.

De woonkamer ademde rust en gezelligheid uit. Bovendien dreef er een aangename geur van verse bloemen en boenwas.

'En voor meneer?'

Er dansten pretlichtjes in de ogen van mevrouw Verdonk. De manier waarop ze 'en voor meneer' zei, liet vermoeden dat ze ook sterker spul in huis had.

'Doet u maar gewoon koffie, mevrouw', zei Nelissen, die de hint begrepen had.

'Mag ik vragen waaraan we het bezoek van de politie te danken hebben?'

Meneer Verdonk ging in zijn fauteuil zitten, sloeg zijn benen over elkaar en kruiste afwachtend zijn armen. Zelfs zonder loden jas en geruite pet zag hij eruit als een Engelse landheer. Lies probeerde te raden welk beroep meneer Verdonk had uitgeoefend. Hij had slanke vingers, een mooi breed voorhoofd en rustige, taxerende ogen. De baard en snor gaven hem iets artistieks. Een musicus? In ieder geval geen beeldend kunstenaar want in de woonkamer was geen spoor van artistiek werk te bekennen.

'Ik kom in verband met Helena Bijnens', zei ze.

Op het brede voorhoofd van meneer Verdonk verschenen twee diepe groeven. In de keuken, die via een doorgeefluik met de woonkamer in verbinding stond, kletterde een schoteltje op het aanrecht.

'Helena Bijnens', herhaalde meneer Verdonk hoofdschuddend. 'Nee, tenzij...' Hij draaide zijn hoofd in de richting van het doorgeefluik: 'Lisette. Ken jij iemand die Helena Bijnens heet?'

Mevrouw Verdonk stak haar hoofd door het doorgeefluik.

'Wat zeg je, schat?'

'Ken jij iemand die Helena Bijnens heet?'

'Bijnens?'

Mevrouw Verdonk deed alsof ze diep nadacht.

'De enige Bijnens die ik ken, is al een tijdje overleden', zei ze na een poosje.

'Jos Bijnens?'

'Ja, die', zei mevrouw Verdonk. 'Je weet wel, die kerel die we in Kopenhagen tegen het lijf zijn gelopen en met wie jij een hele nacht over Sartre hebt zitten zeuren.'

'Dat is meer dan dertig jaar geleden, Lisette.'

Meneer Verdonk pulkte aan zijn snor en wierp Lies een verontschuldigende blik toe.

'Mijn vrouw onthoudt die dingen beter dan ik', zei hij.

'Zeg dat wel', riep Lisette Verdonk vanuit de keuken. 'En ik weet ook nog dat jullie anderhalve fles aquavit nodig hadden om er je existentiële angsten mee door te spoelen.'

Verdonk is filosoof, dacht Lies. Of hoogleraar.

'Hebt u nog contact met de man?' vroeg ze.

'Nee. Hij heeft me nadien nog een paar keer geschreven, maar we hebben elkaar nooit meer teruggezien.'

'Had hij kinderen?'

'Dat zou me verbazen', zei meneer Verdonk met een geheimzinnig glimlachje.

'Hoezo?'

'Zeg jij het maar Lisette.'

Mevrouw Verdonk kwam uit de keuken. Ze droeg een dienblad met daarop een thermoskan koffie, kopjes en een aangesneden vlaai. Er dansten weer pretlichtjes in haar ogen.

'Meneer Bijnens was meer in Julien geïnteresseerd dan in Sartre', zei ze met een knipoog. 'Begrijpt u wat ik bedoel, mevrouw de hoofdinspecteur?'

Lies knikte. Ze had de voorbije tien minuten goed rondgekeken, maar niets wees erop dat het echtpaar Verdonk kinderen had. Geen foto's, zelfs geen vakantiekiekjes. Ze besloot op veilig te spelen.

'Het lijkt misschien een onbeschaamde vraag, maar hebt u zelf kinderen?'

Meneer Verdonk trok zijn linkerooglid op en

pulkte aan zijn snor. Zijn vrouw sneed de vlaai aan. Haar hand beefde.

'We hadden een dochter', zei ze nogal luchtig.

Echte spanning heeft niets te maken met spectaculaire stunts of adembenemende dialogen, maar alles met onopvallende details die in normale omstandigheden banaal lijken maar in een bepaalde context welsprekender zijn dan schokkende beelden en opzwepende muziek. De manier waarop mevrouw Verdonk haar best deed om het stuk vlaai ongeschonden op een bord te leggen, was zo dramatisch dat iedereen onwillekeurig de adem inhield. Lies keek wanhopig naar Nelissen.

'Mag ik vragen wat...?'

'Anja is vijftien jaar geleden vermoord', zei meneer Verdonk.

Ouders die een kind verliezen, komen dat nooit meer te boven en hoewel ze het op een verschillende manier verwerken, gebeurt het zelden dat ze onbewogen blijven als ze er opnieuw mee worden geconfronteerd, zelfs zij die zich er schijnbaar mee hebben verzoend. Meneer en mevrouw Verdonk lieten geen enkele emotie blijken toen het onderwerp ter sprake kwam.

'Het spijt me', zei Lies.

Wat moest ze nu doen? Hen vertellen dat ze Anja had gekend?

'U hoeft zich niet te verontschuldigen, mevrouw de hoofdinspecteur.'

Lisette Verdonk schepte een tweede stuk vlaai op een bord en bood het Lies met een glimlach aan.

'Anja is op haar negentiende het huis uit getrokken en daarna is ze op het slechte pad geraakt. Wij hebben er alles voor gedaan om haar terug te krijgen. Het is ons niet gelukt en daarmee hebben we leren leven. Toen we vijftien jaar geleden van de politie vernamen dat ze vermoord was, waren onze tranen al opgebruikt.'

Het klonk hard uit de mond van een vrouw die er op het eerste gezicht heel zacht en lieflijk uitzag, maar Lies begreep wat ze wilde zeggen. Ze wist hoe harteloos Anja kon zijn.

'Gaat het een beetje?' vroeg Nelissen toen ze twee uur later in de politiewagen stapten.

'Maak je geen zorgen, Rudi. De tijd dat zwangere vrouwen hun mannetje niet konden staan is allang voorbij.'

'Dat bedoel ik niet.'

'Ik weet wat je bedoelt', zei ze pinnig.

Nelissen deed zijn veiligheidsgordel om. Het gesprek met het echtpaar Verdonk had eigenlijk niet veel opgeleverd. Lies had koffie gedronken en gedwee de vlaai verorberd die mevrouw Verdonk haar had voorgezet. Over Anja had ze met geen woord meer gerept. Ook de envelop was niet ter sprake gekomen. Dat meneer Verdonk ook bij Financiën had gewerkt, vond ze blijkbaar veel interessanter, want daarover had ze bijna de hele tijd zitten kletsen. Het leek wel of ze iets angstvallig probeerde te verbergen.

'Wat doen we nu?'

'Ik heb trek in iets pittigs', zei Lies. 'Wat denk je van Kaffee het Schaap?'

Kaffee het Schaap lag op amper tweehonderd meter van de bibliotheek.

'Gaan we met de wagen of...?'

Nog voor Nelissen de vraag kon afmaken, sloeg Lies het portier open en liep boos weg. Vrouwen en hormonen, Nelissen had geleerd dat het beter was het onderwerp niet ter sprake te brengen in een gemengd gezelschap. Hij maakte zijn veiligheidsgordel los en liep haar achterna. Veel mannen hadden dat als beledigend ervaren, maar Nelissen wist beter. Lies was een evenwichtige vrouw, ze had zin voor humor en ze was niet onaantrekkelijk, maar af en toe was ze ook ongenietbaar. Het laatste nam hij er graag bij. Eén ding was zeker: er was iets met die Anja dat haar dwarszat. Nelissen liep door de poedersneeuw. In gedachten overliep hij haar cv. Lies was geboren in Genk, waar ze lagere school had gelopen en haar plechtige communie had gedaan. Op haar achttiende was ze naar Hasselt verhuisd, waar ze een cursus journalistiek had gevolgd en daarna was ze een tijdje correspondente geweest bij *Het Belang van Limburg*. Vier jaar later was ze weggegaan bij de krant en bij Financiën gaan werken. Ook daar had ze ontslag genomen. Toen had ze bij de politie gesolliciteerd.

'Irish coffee', zei Lies kordaat toen de dienster de bestelling kwam opnemen.

Het meisje keek naar Nelissen.

'Geef mij maar gewone koffie.'

Hij legde de nadruk op 'gewone'.

'Het stoort toch niet dat ik...'

'Natuurlijk niet', zei Nelissen.

'Fijn.'

Lies knoopte haar jas los en wreef zich in de handen. Ze probeerde zich Anja Verdonk voor te stellen zoals ze zich haar herinnerde op de dag dat ze elkaar voor het eerst hadden ontmoet: een mooie meid, met lange benen en een diepe, sensuele stem waarmee ze iedere man kon inpalmen die ze zich wenste. Dat het verkeerd zou aflopen werd algauw duidelijk toen de hoofdverificateur haar na een week mee uit eten nam en ze pas twee dagen later weer op kantoor verscheen. Daarna was het van kwaad tot erger gegaan. Anja kwam nog naar kantoor als ze daar zin in had en niemand die daarover een opmerking durfde te maken. Toen ze drie maanden later naar een chique flat in het centrum van Brussel verhuisde en zich een dure wagen aanschafte, wist iedereen wat Anja in haar 'vrije tijd' uitvoerde. Op zich was dat niet zo erg, het was de arrogantie waarmee ze de collega's behandelde, wat haar na verloop van tijd onuitstaanbaar maakte.

'Wat denk je van het echtpaar Verdonk?' vroeg Nelissen toen de dienster de koffie serveerde.

'Ik vermoed dat ze iets te verbergen hebben', zei Lies. 'De vraag is: hoe komen we achter de waarheid? Het is allemaal zo lang geleden.'

'Ik kan een discreet onderzoek laten instellen bij de familie en de vrienden van de Verdonks.'

Lies drukte haar vingertoppen tegen het hete glas Irish coffee en trok ze pas weg toen ze zich bijna brandde. Het deed haar denken aan de bizarre spelletjes die Anja speelde als ze zich op kantoor verveelde: haar wijsvinger in een heet glas water ondergedompeld houden tot ze een blaar had, een brief typen met een wasknijper in haar oorlel of nietjes in haar bovenarm slaan.

'Ik denk dat we dat beter zelf doen', zei ze.

Via haar relatie met de hoofdverificateur was Anja in contact gekomen met een aantal hoge heren, mannen die er veel geld voor overhadden om met een meisje te mogen spelen dat van pijn hield.

'Maar eerst moeten we de ouders van Stijn Olaerts en Helena Bijnens zien op te sporen.'

'De regionale omroep?'

Lies knikte.

'Liefst vanavond nog', zei ze.

'Je ziet zo bleek.'

Wim boog zich voorover en kuste Lies op de mond.

'Ik heb een zware dag achter de rug.'

'Je werkt te veel', zei Wim vermanend.

Hij liep naar de barkast, klapte de deur naar beneden, pakte een fles calvados en twee glazen.

'Niet voor mij, schat.'

Lies gooide haar benen op de bank en ging languit liggen. Haar kuiten tintelden. In Kaffee het Schaap had ze twee Irish coffees gedronken en die hadden haar een beetje loom gemaakt. Ze vond het vreemd dat Nelissen daar geen opmerking over had gemaakt, zeker nu hij wist dat ze zwanger was. Eigenlijk begreep ze het zelf ook niet, want ze dronk zelden alcohol. Was het de herinnering aan Anja die haar onrustig maakte of was ze bang voor de reactie van Wim als ze hem het nieuws zou vertellen?

'Een kleintje kan toch geen kwaad.'

'Wat zeg je?'

'Dat een kleintje toch geen kwaad kan', lachte Wim.

Hij schonk twee bodempjes calvados in en kwam bij haar zitten. Lies nam het glas aan dat hij haar aanreikte en nipte ervan. Het leven zat bijzonder ingewikkeld in elkaar. Nelissen was beginnen te drinken omdat zijn zoon aan een overdosis drugs was gestorven en zij was zich aan het bezatten omdat ze haar vriend niet durfde te vertellen dat ze zwanger was.

'Meen je dat?'

'Natuurlijk meen ik dat.'

Lies nam een stevige slok.

'Dan moet ik je iets vertellen', zei ze.

Op dat moment ging de telefoon over.

'Het is voor jou', zei Wim. 'Nelissen.'

'Een witte kerst, wie had dat nog durven dromen?' zei Nelissen toen Lies de sneeuw van haar jas klopte en huiverend instapte.

Hij zette de verwarming in de hoogste stand en gaf voorzichtig gas.

'Wanneer hebben ze gereageerd?'

'Meteen na de eerste oproep.'

'En?'

'Wat dacht je?'

'Heb je Slachtofferhulp op de hoogte gebracht?'

Nelissen knikte.

'Fijn.'

De politiewagen trok een diep spoor door de dikke sneeuwlaag. Het geluid van knarsende banden gecombineerd met de hete luchtstroom van de verwarming zorgde voor een vreemd soort gezelligheid. Lies werd er bijna melancholisch van. Ze had plotseling zin om te lachen en te huilen.

'Weet Wim al dat je...'

'Ik stond net op het punt om het hem te vertellen', reageerde Lies gemaakt boos.

'Het is dus weer mijn schuld.'

'Natuurlijk niet.'

Het werd even stil in de politiewagen. Nelissen had met haar te doen. Een kind krijgen was toch goed nieuws. Was hij dan zo ouderwets?

'De technische recherche heeft ondertussen ook een voorlopig rapport doorgefaxt', zei hij na een poos. 'Tussen de rommel op de overloop hebben ze een verfomfaaide brief gevonden.'

'Een afscheidsbrief?'

'Nee', zei Nelissen. 'De brief is gericht aan de archivaris van de bibliotheek.'

'Aan Raf Swennen?'

Nelissen knikte.

'De brief is ondertekend door Stijn Olaerts.'

'Heb je die bij je?'

'Natuurlijk.'

Nelissen greep naar zijn borstzakje, maakte het klepje los en haalde er een vierdubbel gevouwen faxbericht uit. Lies nam het aan, stak het portierlichtje aan en vouwde het papier open.

Geachte heer Swennen,

Ik studeer Toegepaste Economie aan de KUL *en bereid momenteel een scriptie voor onder de titel: 'Reconversie in Limburg na de mijnsluitingen: illusie of nachtmerrie'. Mag ik u derhalve vragen of het mogelijk is mij toegang te verlenen tot het archief en er de stukken te raadplegen die relevant kunnen zijn voor mijn onderzoek.*

Met de meeste hoogachting

Stijn Olaerts

'Vreemd. Vind je niet?'

Lies vouwde de fax weer in vieren en fixeerde haar blik op de zwiepende ruitenwissers. Gebouwen, zelfs de meest troosteloze, krijgen iets romantisch als ze ondergesneeuwd zijn. De panden aan de Gazometerstraat vormden geen uitzondering op die regel. Nelissen parkeerde de politiewagen voor het huis van het echtpaar Olaerts en trok de handrem aan.

'Dat Olaerts zich voor student uitgeeft?'

Lies knikte.

'Plus het feit dat hij zijn adres niet vermeldt in de brief', zei ze toen ze uitstapte.

Er wordt wel eens beweerd dat mensen alleen de ellende te verwerken krijgen die ze aankunnen en daar sterker van worden. Toen Lies mevrouw Olaerts de hand drukte en haar even in de ogen keek, wist ze dat niet alle volkswijsheden ook waarheid bevatten. Het gezicht van de vrouw was getekend door lijden, maar het had haar niet sterker gemaakt, want nog voor Lies haar een vraag kon stellen, begon ze amechtig te huilen. Met meneer Olaerts was het niet beter gesteld. Hij zat aan de keukentafel voor zich uit te staren. De medewerker van Slachtofferhulp, een jonge maatschappelijk assistent, haalde opgelucht adem toen Lies zei dat zij en Nelissen de zaak wel zouden afhandelen. Hij trok zijn jas aan en maakte zich uit de voeten.

'Ik vind het bijzonder erg wat uw zoon overkomen is', zei Lies. 'Mag ik jullie namens mezelf en mijn collega onze diepste betuiging van medeleven aanbieden.'

Het klonk een beetje bombastisch, maar hoe moest ze het formuleren? Mevrouw Olaerts droogde haar tranen.

'Gaat u toch zitten', zei ze.

Haar man trok een ooglid op, maar zei verder geen woord. Nelissen ging naast hem zitten en legde zijn arm om zijn schouder. Het was een ontroerend beeld.

'Excuseert u ons dat we het bericht via de regionale televisie hebben verspreid', zei Lies. 'Maar...'

'U hoeft zich niet te verontschuldigen, mevrouw. Mijn man en ik...'

Toen begon ze opnieuw te huilen. Politiemensen beklagen zich erover dat ze niet opgeleid zijn om in dergelijke situaties mensen bij te staan, maar net als de meeste hulpverleners vergeten ze daarbij dat zwijgen in bepaalde omstandigheden vaak beter is dan praten. Lies ging zitten, legde haar hand op haar buik en wachtte geduldig af tot mevrouw Olaerts was uitgehuild. De woonkamer annex keuken was sober gemeubileerd. Er stonden een lange dressoir en een compacte commode, gefineerd spul uit de jaren zeventig, een rechthoekige tafel met bijpassende stoelen en een boekenrek dat behalve een goedkope reeks over kunstschatten van over de hele wereld ook een indrukwekkende collectie in nepleer ingebonden kwartaalselecties van een bekende boeken-en-platenclub bevatte. Het keukengedeelte dateerde nog uit de formicaperiode, net als het witgoed. Het enige wat een beetje uit de toon viel was een naaktfoto van een vrouw die verdacht veel op mevrouw Olaerts leek en die netjes ingelijst de schoorsteenmantel sierde. Ze waren dus ook jong geweest, dacht Lies. In de jaren zeventig nog wel. De foto en het meubilair bewezen dat ze toen vooruitstrevend waren en Stijn waarschijnlijk in die geest hadden opgevoed. De verbittering, die ze in de ogen van meneer Olaerts las, was pas later gekomen.

'Hoe zag Stijn eruit toen jullie hem vonden?' vroeg mevrouw Olaerts plotseling tussen twee snikken.

'Vredig', zei Lies. 'Volgens mij heeft hij niet geleden.'

'Echt waar?'

'Echt waar', zei Lies. 'Dat zult u trouwens morgen met uw eigen ogen kunnen vaststellen, als u afscheid van hem gaat nemen.'

Het waren eenvoudige woorden die hun effect niet misten. Mevrouw Olaerts pakte een zakdoek en snoot haar neus.

'U zou eens moeten weten hoeveel nachten we hier op Stijn hebben zitten wachten, mevrouw', zei ze. 'Mijn man heeft zelfs een paar keer de politie gebeld toen hij niet kwam opdagen.'

'Alles is verkeerd gelopen toen hij die hoer heeft leren kennen.'

Het gezicht van meneer Olaerts trok wit weg. Zijn onderlip trilde. Toen spuwde hij het er allemaal uit. Het was het klassieke verhaal: problemen op school, slechte vrienden, alcohol, drugs en een vriendin die van dat alles de schuld kreeg. Lies liet meneer Olaerts echter uitspreken, al was het maar uit respect voor het verlies dat hij had geleden.

'Als ik het goed begrijp, had u nog contact met Stijn', zei ze toen meneer Olaerts uitgeraasd was.

Ze wendde zich tot mevrouw Olaerts, die de hele tijd stilletjes had zitten knikken.

'Hij kwam ons alleen nog opzoeken als hij geld nodig had', zei ze. 'Dan bleef hij meestal ook een nachtje slapen.'

'Wanneer hebt u hem voor het laatst gezien?'

'Vier dagen geleden.'

'Gedroeg hij zich anders dan normaal?'

Mevrouw Olaerts keek met een schichtige blik naar haar man.

'Ik vond dat Stijn er goed uitzag', zei ze bedeesd.

Er hing onenigheid in de lucht, dat kon je zo voelen. Meneer Olaerts haalde diep adem. Zijn halsslagader zwol en zijn ogen schoten vuur.

'Jij vond dat hij er goed uitzag', hinnikte hij. 'Zo zat als een Zwitser, ja. Ik heb je nog gezegd dat je hem niets meer mocht geven.'

'Hij zei dat hij het geld voor iets anders nodig had, Julien.'

'Voor zijn schoon madam zeker.'

'Nee, voor de trein. Hij wilde gaan solliciteren in Brussel.'

'En dat geloofde jij?'

Nelissen had medelijden met de man. Vaders reageren nu eenmaal anders dan moeders. Hij kon het weten.

'U hoeft zich niet schuldig te voelen voor wat er gebeurd is', zei hij rustig. 'Stijn was meerderjarig. U hebt gedaan wat u kon.'

Het zag er even naar uit dat meneer Olaerts ook

in tranen zou uitbarsten, maar hij beheerste zich, zij het met enige moeite. 'Excuseert u mij', zei hij met een prop in zijn keel. 'Ik moet even naar het toilet.'

'Zou u het erg vinden als ik een kijkje neem in Stijns kamer?' vroeg Lies toen meneer Olaerts weg was.

'Is dat nodig?'

'Ik denk het wel.'

Toen mevrouw Olaerts schoorvoetend op het verzoek inging, gaf Lies Nelissen met een onopvallend hoofdgebaar te kennen dat hij maar beter in de woonkamer kon blijven en volgde haar naar boven. Toen ze de kamer betraden, begreep Lies waarom mevrouw Olaerts de kamer van Stijn liever niet liet zien. De muren waren zwart geverfd en overal hingen pornografische posters aan de muur en afbeeldingen van satan.

'Stijn had interesse voor die dingen', zei mevrouw Olaerts toen Lies haar verbaasd aankeek. 'Zoals zoveel van zijn leeftijdsgenoten', voegde ze er dapper aan toe.

Zoals zoveel moeders die een kind hebben 'verloren', had ze de kamer gelaten zoals hij was omdat ze hoopte dat haar zoon ooit nog eens terug naar huis zou komen.

'Deed Helena Bijnens hier ook aan mee?'

De vraag maakte mevrouw Olaerts zenuwachtig, dat bleek uit haar reactie.

'Ik heb niets met het meisje te maken', zei ze opgelaten. 'Stijn was zelfs niet verliefd op haar. Hij wilde alleen maar...'

Ze maakte een gebaar dat niet paste bij een vrouw van haar leeftijd en dat ze vele jaren geleden van Julien had geleerd. Mannen bleven immers mannen.

'Ik veronderstel dat hier vroeger ook vrienden van Stijn over de vloer kwamen', zei Lies langs haar neus weg. 'Misschien kunnen die me verder helpen.'

'Vrienden', snoof mevrouw Olaerts smalend. 'Jeroen De Vlaeminck en Klaas Schepers waren de enigen die hier af en toe op bezoek kwamen.'

'Toch niet de zoon van...'

Mevrouw Olaerts knikte.

'Toch wel', zei ze met een vleugje trots in haar stem.

'Zijn zij de slechte vrienden over wie uw man het zo-even had?'

Mevrouw Olaerts keek Lies verbaasd aan.

'Natuurlijk niet', zei ze verontwaardigd. 'Met slechte vrienden bedoelt Julien de kerels die aan het Torenplein rondhangen. U denkt toch niet dat wij hier gespuis zouden binnenlaten?'

'Gespuis waarvan u niet weet hoe ze heten?'

Lies liet haar blik over de posters glijden. Het waren er tientallen, de ene nog gorer dan de andere. Net toen ze mevrouw Olaerts wilde vragen of ze ook de kasten mocht inspecteren, viel haar oog op een uitvergrote foto die met tape op de zijkant van de schoorsteenmantel was bevestigd. Ze hapte naar adem. Nee, dacht ze. Dit kan niet waar zijn. Haar pupillen vernauwden en ze kneep haar ogen tot spleetjes. Het was toch waar. Op de foto stonden twee naakte meisjes afgebeeld in een nogal compromitterende houding: Anja Verdonk en zij. Het leek of haar buik begon op te zwellen en al het bloed in haar lichaam daarheen werd gepompt. Het angstzweet brak haar uit. Hoe was die foto hier in vredesnaam terechtgekomen? Hadden de Olaerts haar herkend? Waarschijnlijk niet, anders hadden ze... Nog voor ze de geruststellende gedachte kon afmaken, kwam Nelissen de trap opgestommeld.

'Kom snel naar beneden', riep hij. 'Meneer Olaerts is onwel geworden.'

'Bel snel de hulpdiensten', schreeuwde mevrouw Olaerts. 'Julien heeft vorig jaar een hartinfarct gehad.'

De arts van het medisch urgentieteam nam geen enkel risico. Hij beval meneer Olaerts onmiddellijk naar het ziekenhuis over te brengen voor verder onderzoek. Toen het geluid van de sirenes wegstierf, liepen Lies en Nelissen naar de politiewagen.

'Ik denk dat we in een wespennest zijn terechtgekomen', zei Lies toen ze instapten.

Twee verdachte overlijdens in evenveel dagen. Hoewel zoiets zelden voorkwam in Hasselt was de kans groot dat het incident niet veel beroering zou veroorzaken omdat het tenslotte maar om drugsverslaafden ging. *Het Belang van Limburg* zou er waarschijnlijk een stuk over publiceren en wie weet besteedde de andere pers er ook aandacht aan. Overmorgen zou het allemaal weer vergeten zijn, tenzij er een verband bestond tussen de dood van de jonge mensen en de heren Schepers of De Vlaeminck, na God en Steve de twee machtigste mannen van Hasselt. Schepers was voorzitter van de raad van bestuur van de GIM, De Vlaeminck een overijverige projectontwikkelaar met grote plannen die bovendien relaties had in de hoogste politieke kringen.

'Je maakt je te veel zorgen', zei Nelissen.

Lies nestelde zich in de passagiersstoel en drukte haar ellebogen tegen haar ribbenkast, maar ze repte met geen woord over de foto die ze in de kamer van Stijn had aangetroffen. Hoe was het in vredesnaam mogelijk dat die in de kamer van Stijn Olaerts was terechtgekomen en wat zou er gebeuren als Wim of de hoofdcommissaris erachter kwamen dat zij destijds naakt had geposeerd in een groezelige Brusselse studio?

'Zal ik je thuis afzetten?'

'Graag', zei Lies.

Ze dacht aan Wim en aan het kindje dat hij bij haar had verwekt. Wat moest ze morgen doen voor ze het hem durfde te vertellen? Weer twee Irish coffees drinken?

'Ik hoop dat de architect die dit ding ontworpen heeft er rekening mee heeft gehouden dat het hier ook kan sneeuwen', zei Lies een beetje ongerust toen ze onder de glazen luifel doorliep die onlangs aan de bibliotheek was toegevoegd en sinds gisteren een steeds zwaardere last diende te torsen.

Nelissen gaf haar gelijk met een knikje. Hij associeerde glas dan ook in de eerste plaats met een recipiënt waaruit je kon drinken.

'Ik ben benieuwd hoe meneer Swennen zal reageren als we hem het briefje laten zien', zei hij.

'Ik ook.'

Ze stapten de bibliotheek binnen. De leeszaal zat al behoorlijk vol, ondanks het vroege uur. De meeste bezoekers lazen een krant of keken een of ander magazine in, een enkeling raadpleegde een naslagwerk. Een gigantische kerstboom zorgde voor de sfeer.

'Hier wordt in ieder geval niet op de verwarming bezuinigd', zei Lies.

Ze knoopte haar jas los en liep naar de balie. Het meisje dat een paar dagen geleden voor problemen had gezorgd, begroette haar met een innemende glimlach.

'Wenst u iemand te spreken, mevrouw de hoofdinspecteur?'

Ambtenaren zijn best genietbaar als iemand hen precies vertelt wat van hen verwacht wordt. Het meisje had haar lesje geleerd, want ze bleef maar glimlachen zelfs toen Lies nogal bot zei dat ze Raf Swennen meteen wenste te spreken.

'Een ogenblikje.'

Het meisje toetste een nummer in. Twee minuten later ontving de archivaris hen in zijn kantoor.

'Waarmee kan ik u van dienst zijn?' vroeg hij monter.

Lies haalde een kopie van de brief die ze in het flatgebouw aan het Torenplein had gevonden uit haar handtas en reikte hem die aan.

'Als ik me niet vergis, hebt u verklaard dat u Stijn Olaerts niet kent', zei ze droog.

Vanochtend had ze het toilet ondergekotst, net op het moment dat Wim onder de douche stond. Ze had de boel gelukkig nog kunnen schoonmaken voor hij de badkamer uitkwam.

'Dat heb ik inderdaad gezegd', zei Swennen onverstoorbaar.

Hij nam de brief aan en bekeek hem aandachtig. Tijdens zijn studie oriëntalistiek had hij geleerd zijn gevoelens te verbergen. Die ervaring kwam hem nu goed van pas, want in zijn binnenste raasde een storm van tegenstrijdige gevoelens. De hele zaak was uit de hand gelopen.

'Veel brieven krijg ik niet', zei Swennen hoofdschuddend. 'Het zou me verbazen als ik me die niet meer zou herinneren.'

Hij stond op en liep naar een grote metalen archiefkast, trok de onderste lade open en overliep met zijn wijsvinger de hangmappen waarin hij zijn correspondentie bewaarde. Hij haalde er eentje uit en legde het op zijn bureau.

'Dit zijn alle schriftelijke aanvragen die ik de voorbije zes maanden ontvangen heb', zei hij.

Swennen klapte het mapje open en schoof het Lies over zijn bureau toe.

'Voorzover ik weet zit er niets tussen van...'

'Stijn Olaerts', vulde Lies aan toen Swennen aarzelend zijn voorhoofd fronste.

Ze vond het vreemd dat iemand die net had laten doorschemeren over een goed geheugen te beschikken zich plotseling de naam van Olaerts niet meer kon herinneren.

'Krijgt u veel aanvragen van studenten?' vroeg ze.

'Af en toe', zei Swennen.

'Gaat u daar altijd op in?'

'Het is onze taak, mevrouw.'

'Ook op mondelinge?'

De archivaris ging verzitten alsof hij last had van aambeien. De vraag zat hem duidelijk niet lekker.

'Het hoofdbestuur geeft de voorkeur aan een schriftelijke aanvraag', zei hij. 'U weet toch hoe dat gaat in de administratie?'

Lies leunde achterover in haar stoel. Als er iemand wist hoe het er bij de administratie aan toeging, was zij het wel. Maar ze wist ook dat de lagere echelons bepaalde voorschriften niet altijd naar de letter toepasten. Wie over de juiste connecties beschikte, kon alles geregeld krijgen. Zij kende persoonlijk een beroepsmilitair die op zijn zesendertigste met pensioen was gegaan nadat een behulpzame medewerker op het ministerie de geboortedatum in het dossier een beetje had aangepast.

'Ik vroeg niet wat het hoofdbestuur van u verlangt, meneer Swennen. Ik wil alleen weten of u zich altijd aan de regels houdt.'

Nelissen bracht zijn hand naar zijn mond, om een glimlach te maskeren die hij niet kon onderdrukken. Lies was op dreef. Zoveel was duidelijk. De arme archivaris begon nog meer tekenen van onrust te vertonen. Hij pulkte aan zijn neus.

'Ik behandel alleen schriftelijke aanvragen', zei hij een beetje verontwaardigd.

Tijdens een corrida wordt de stier eerst opgehitst voor de matador hem uiteindelijk afmaakt. Hoewel Lies een hekel had aan dierenmishandeling, paste ze dezelfde taktiek op Swennen toe.

'Geldt dat ook voor mij?'

'Wat bedoelt u daarmee, mevrouw?'

'Gewoon wat ik bedoel.'

Swennen ging weer verzitten. Gisteren had hij de hoofdinspecteur en haar assistent bij het rusthuis zien aanbellen. Het kon haast niet anders of ze hadden de Verdonks verhoord. Hij wierp een vluchtige blik door het raam dat op het rusthuis uitkeek.

'Ik begrijp niet goed waar u naartoe wilt, mevrouw.'

Lies glimlachte.

'Naar het archief natuurlijk.'

'Nu meteen?'

'Dat hangt van u af, meneer Swennen.'

De archivaris onderdrukte een zucht, maar hij bleef rustig. Tenminste dat dacht hij van zichzelf.

'In uw geval ben ik genoodzaakt om een uitzondering te maken. U bent van de politie', zei hij een beetje hulpeloos.

'Vooruit dan maar.'

Lies stond op en liep naar de deur. De twee mannen volgden haar gedwee.

Raf Swennen liet haar eerst een kamertje zien waar hij de zogeheten Limburgensia bewaarde, een collectie publicaties over Limburg die hij zorgvuldig bijhield. Daarna liepen ze naar de kelder.

'Dit is het dus', zei Lies een beetje smalend toen Swennen haar en Nelissen een soort bunker binnenloodste die volgestouwd stond met brede, tegen elkaar geschoven rekken.

De archivaris mocht dan onder de indruk zijn van het kordate optreden van de politievrouw, met zijn beroepseer viel niet te spotten.

'Ik denk dat u zich vergist, mevrouw', zei hij.

Om die bewering kracht bij te zetten, liep hij op een rek toe waaraan een soort wiel was bevestigd, haakte zijn vinger achter een van de brede spaken en draaide het rad moeiteloos in tegenwijzerzin. Het eerste rek gleed soepel naar achter waardoor een ruimte ontstond tussen twee rekken.

'In vakjargon heet dit compactstapeling', zei hij trots. 'Maximale capaciteit op een bescheiden oppervlakte. Je hoeft alleen loopruimte te creëren op plekken waar dat nodig is. Met dit systeem kun je veel meer documenten opslaan dan met een statische opstelling.

'Is dat zo?'

Lies liep tussen twee rekken door en bekeek de netjes gerangschikte archiefdozen. Ze zagen er allemaal nieuw en smetteloos uit.

‘Wat doen jullie als meerdere mensen op hetzelfde moment het archief willen raadplegen?’ riep ze tussen de rekken.

Het systeem liet niet toe meerdere loopruimtes te creëren. Wat logisch was natuurlijk, want hoe kon je anders ruimte besparen?

‘Dit gedeelte is niet toegankelijk voor het publiek’, zei Swennen.

De vrouw begon op zijn zenuwen te werken. Hij draaide het wiel een halve slag in wijzerzin, waardoor de loopruimte tussen de twee rekken een paar centimeter smaller werd. Hoewel hij het op een nonchalante manier deed, zag Nelissen wat er gebeurde. Ieder rek bevatte tonnen materiaal. Het feit dat Swennen het systeem met een vinger bediende bewees de kracht ervan.

‘Pas toch op’, zei Nelissen.

Hij pakte Swennen vast bij de arm. De archivaris verontschuldigde zich en draaide het wiel een halve slag terug.

‘Zijn er nog verborgen schatten?’

Lies begreep niet waarom Nelissen zo bezorgd keek toen ze tussen de rekken tevoorschijn kwam.

‘Wat bedoelt u met schatten?’

‘Kostbare dingen. Oude handschriften, perkamenten, zeldzame eerste drukken. Dingen die ze in andere bibliotheken achter slot en grendel bewaren.’

Ze had blijkbaar een gevoelige snaar geraakt, want Swennen keek haar aan alsof ze de hoer van Babylon was.

'Die worden op een speciale locatie bewaard', zei hij nurks.

'Kunnen we die ook bekijken?'

'Als u dat per se wilt.'

Lies knikte enthousiast. De confrontatie met Swennen had haar blijkbaar goed gedaan. Ze bloosde.

De archivaris leidde hen door een wirwar van gangen naar een klein kamertje waar een aantal houten kisten stonden opgestapeld. De hoogte van de deur die toegang gaf tot het kamertje was lager dan die van een normale deur. Zelfs Lies, ze was 1 meter 68, moest zich een beetje bukken wilde ze haar hoofd niet stoten aan de bovendrempel. De krappe deur bleek een vertragingsmechanisme te zijn voor het geval dieven de kostbare stukken wilden stelen die er werden bewaard. De kisten waren immers hoger en breder dan de deuropening. Het openen ervan zou volgens Swennen minstens tien minuten in beslag nemen, een tijdspanne die de politie in staat moest stellen eventuele dieven op heterdaad te betrappen.

'Niet slecht bedacht', zei Lies toen het bezoek was afgelopen.

Swennen knikte. De hoofdinspecteur mocht dan een vervelend mens zijn, ze was niet achterlijk. Dus zei hij haar dat hij het vertragingsmechanisme had bedacht.

‘Wat vond je van de rondleiding?’ vroeg Lies toen ze over het Kolonel Dusartplein liepen.

‘Ik heb geleerd dat iedereen iets te verbergen heeft’, zei Nelissen.

‘Verdomme.’

Lies bleef staan en sloeg zichzelf voor het hoofd.

‘De Olaerts’, zei ze. ‘Die ben ik compleet vergeten.’

‘Wat is ermee?’

Lies aarzelde.

‘Ik denk dat ik iets over het hoofd heb gezien’, loog ze. ‘Een foto van een meisje dat ik vroeger heb gekend.’

‘Waarom heb je me dat niet eerder gezegd?’

‘Ik wil de foto, Rudi.’

‘Dan gaan we die toch halen. Wacht jij hier maar even. Ik rij de wagen wel voor.’

‘Rudi.’

Nelissen draaide zich om.

‘Heeft iemand je vandaag al gezegd dat je een schat bent?’

Lies keek hem liefdevol aan.

‘Ik ben blij dat iemand het zegt’, zei Nelissen.

Met zijn vrouw ging het de laatste tijd niet al te best. Ze was depressief en liet geen gelegenheid onbenut om over alles en nog wat te zeuren. Vanochtend had ze een scène gemaakt omdat hij de vuilniszakken te laat had buitengezet en gisteren... Ja gisteren had ze gelijk toen ze hem had verweten dat hij weer gedronken had.

'Wat het peterschap van de kleine betreft. Ik heb beslist om het te aanvaarden.'

'Dat vind ik fijn, Rudi.'

Nelissen glimlachte.

'Ik ben in een oogwenk terug', zei hij.

Tot grote verbazing van Lies was het meneer Olaerts die de voordeur openmaakte. Voor iemand die net een hartinfarct had gehad, zag hij er bijzonder patent uit.

'Nog een geluk dat het vals alarm was', zei ze toen hij haar voorging naar de woonkamer.

'Ja', zuchtte meneer Olaerts. 'Wie eenmaal een hartinfarct heeft gehad, moet op zijn hoede zijn.'

'Dat is waar', zei Lies.

Mevrouw Olaerts zette koffie en meneer Olaerts stelde voor bij de bakker om de hoek gebak te gaan halen.

'Dat is heel vriendelijk van u', zei Lies toen de man de daad bij het woord wilde voegen en fluks van zijn stoel opsprong. 'Maar daarvoor ben ik niet gekomen. Ik zou de kamer van Stijn graag nog eens willen bekijken.'

Mevrouw Olaerts sloeg heel even haar ogen neer. Daarna keek ze naar haar man. De ongerustheid die uit die ene blik sprak, ontging Lies niet.

'Lang zal het niet duren', zei ze.

Mevrouw Olaerts knikte en ging haar voor naar boven. Ze duwde de deur van Stijns slaapkamer open en stak het licht aan. Lies hoefde maar één blik naar binnen te werpen. De foto waarop zij en Anja Verdonk stonden afgebeeld was weg. Ze stapte naar binnen en liet haar vingers over de lege plek glijden op zoek naar lijmsporen van de tape waarmee de poster was opgehangen, want een aftekening was er niet op de zwarte muur.

'Zoekt u iets?' vroeg mevrouw Olaerts.

'Waar is de poster die hier gisteren nog hing?'

'Poster?'

Mevrouw Olaerts haalde haar schouders op.

'De foto met de blote meisjes', zei Lies geïrriteerd. 'U gaat me toch niet wijsmaken dat u die nooit hebt gezien?'

'Er hangen er zo veel', zei mevrouw Olaerts. 'U denkt toch niet dat...'

Toen barstte ze in snikken uit.

Lies klemde haar kaken op elkaar. Wat moest ze doen? De technische recherche bellen en hen vragen of ze de muur op lijmsporen wilden onderzoeken? Stel dat ze die vonden. Wat dan? Moest ze bij de hoofdcommissaris gaan uitleggen waarom ze de poster wilde. Een huiszoeking laten bevelen had evenmin zin. Degene die de poster had verwijderd, had zeer zeker ook ander bezwarend bewijsmateriaal meegenomen.

'Maakt u zich maar niet ongerust', zei Lies met een geforceerde glimlach. 'Ik zal me wel vergist hebben.'

Ze deed het licht uit en liep de trap af.

'Je zult geen enkele arts bereid vinden om te verklaren dat meneer Olaerts een hartinfarct heeft gefingeerd', zei Nelissen toen ze in het kantoor van Lies een balans probeerden op te maken van hetgeen de voorbije dagen gebeurd was.

'En toch weet ik bijna zeker dat het zo is gegaan.'

'Dat is nu net het probleem', suste Nelissen. 'In ons beroep moeten we vermoedens met bewijzen kunnen staven.'

'Alsof ik dat niet weet.'

Lies schonk zich een kop koffie in, de vierde in minder dan een halfuur.

'In jouw toestand zou ik...'

'Mijn toestand gaat jou geen sikkepit aan, Nelissen. Als ik jou was zou ik me met mijn eigen "probleem" bezighouden. En wat de koffie betreft, het brouwsel dat ze hier zetten is zo slap dat forellen erin zouden gedijen. Je kunt er verdomme dwars doorheen kijken.'

Nelissen zou over een paar maanden vijftig worden, een leeftijd waarop mannen meestal beter met irrationele reacties kunnen omspringen dan hun jongere seksegenoten. Meisjes die op oudere mannen vielen waren zo stom nog niet, dacht hij met een zekere weemoed.

'Ik had het niet over de koffie', zei Nelissen. 'Je windt je te veel op, en dat is voor niemand goed.'

'Ik wind me op als ik daar zin in heb.'

Lies trok haar schouders op en balde haar linkervuist. Toen kwam Nelissen naast haar zitten en pakte haar stevig vast. Ze voelde een koude rilling langs haar ruggengraat naar beneden lopen en dacht aan Wim en de troost die ze bij hem moest ontberen. Troost, het woord rijmde op kroost.

'Sorry, Rudi.'

'Je hoeft je niet te verontschuldigen, meid', zei Nelissen. 'Ik kan me voorstellen wat je doormaakt.'

'Echt waar?'

'Echt waar.'

Lies snufte. Misschien had ze haar emoties te lang onderdrukt en kon ze beter haar tranen de vrije loop laten. In plaats daarvan richtte ze haar hoofd op en keek Nelissen recht in de ogen.

'Laten we nog een kop koffie drinken, Rudi.'

'Met of zonder forel.'

Ze lachten.

'De hele zaak zit me niet lekker', zei Lies na een poos.

Ze ging voor het raam staan en keek naar buiten. Hoewel het bijna middag was, leek het alsof de avond al was gevallen.

'Als je het mij vraagt heeft het iets met de bibliotheek te maken', zei Nelissen.

'Met het archief?'

Nelissen knikte.

'Ik vertrouw die Swennen niet.'

'Ik ook niet, maar wat doen we eraan? Zijn telefoon laten afluisteren?'

'Dat lijkt me een tikkeltje overdreven.'

'Je hebt gelijk.'

Buiten was het weer beginnen te sneeuwen. Volgens het KMI zou er in de komende vierentwintig uur nog eens twintig centimeter bij komen. Een witte kerst was onafwendbaar. De dikke vlokken die voorbijzeilden, hadden op Lies en Nelissen hetzelfde effect als de pendel van een hypnotiseur. Ze werden er een beetje loom van. Toen de telefoon overging, schrokken ze allebei even erg. Lies, die het dichtst bij het toestel zat, nam op.

'Hallo, politie Hasselt. Met Lies Rutten.'

Ze zei nooit met 'hoofdinspecteur' Lies Rutten. Het was een van de redenen waarom Nelissen haar op handen droeg. Het korps stikte immers van omhooggevallen waarnemend eerste brigadiers en adjunct-commissarissen ad interim. Het gesprek duurde amper een halve minuut.

'De moeder van Helena Bijnens heeft zich gemeld', zei Lies toen ze de hoorn neerlegde.

'Eindelijk', zuchtte Nelissen.

Hij stond op en pakte zijn jas van de kapstok.

'Er is een probleem', zei Lies. 'Mevrouw Bijnens woont in Brugge. Ze heeft het nieuws via een kennis vernomen.'

'Brugge', herhaalde Nelissen hoofdschuddend. 'Hoe geraken we daar in dit weer?'

'Wie zegt dat we naar Brugge gaan?' lachte Lies geheimzinnig.

Ze nam de hoorn van de haak en toetste een nummer in. Binnen twintig seconden werd ze doorverbonden met commissaris Van In, hoofd van de Bijzondere Recherche van de Brugse politie.

'Hallo, Pieter. Met Lies. Mag ik je iets vragen?'

Ze ging achter haar bureau zitten en nam het telefoonsnoer tussen duim en wijsvinger. Het was lang geleden dat Nelissen haar nog zo opgewekt had gezien.

Raf Swennen keek behoedzaam om zich heen toen hij de bibliotheek via de dienstingang verliet en liep daarna haastig naar de overkant waar de ingang van het Katharinadal Rusthuis zich bevond. Hij had de hele ochtend zitten piekeren of hij al dan niet contact met het echtpaar Verdonk zou opnemen, maar even voor de middag had hij de knoop doorgehakt, want zo kon het niet verder. De politie zou binnen afzienbare tijd toch achter de ware toedracht komen. Het zou stom zijn als hij niet de nodige voorzorgsmaatregelen nam. De receptioniste achter de balie begroette hem met een vriendelijk knikje, want meneer Swennen kwam hier wel vaker op bezoek. Raf nam de lift naar de tweede verdieping en belde aan bij de Verdonks.

'Ik moet jullie dringend spreken', zei hij toen mevrouw Verdonk de deur openmaakte.

De oude vrouw liet hem binnen.

'We hadden je eerder verwacht', zei ze.

Meneer Verdonk zat bij het raam in zijn fauteuil. Op het tafeltje dat naast hem stond, lag een krant. De kop van het artikel op de voorpagina sprak voor zich: REPUTATIE TT-WIJK BEVESTIGD. Daaronder stond in een kleiner lettertype: DRUGSVERSLAAFDE STORT ZICH TE PLETTER.

'Het is allemaal onze schuld', zei hij toen Raf Swennen hem de hand drukte. 'We hadden de politie meteen moeten inlichten toen je...'

'Daarvoor is het nu te laat, Julien.'

Mevrouw Verdonk liep naar de keuken, draaide het fornuis uit waarop een pan hutsepot aan het pruttelen was en haalde een fles port uit de voorraadkast, want het zou wel eens een lange middag kunnen worden.

'Terwijl jij met je collega aan het bellen was, heb ik het doopceel van meneer Olaerts gelicht', zei Nelissen toen het telefoongesprek, dat ruim anderhalf uur had geduurd, eindelijk afgelopen was.

'Sorry, Rudi. Pieter is een oude vriend. Ik heb hem in twee jaar niet meer gesproken.'

'Heb je hem ook verteld dat je zwanger bent?'

Lies keek Nelissen vol ongeloof aan.

'Je hebt toch niet staan luistervinken?'

'Je hebt het hem dus verteld.'

'Ja.'

'En?'

'Hij wilde weten hoe Wim op het nieuws heeft gereageerd.'

'I rest my case', zei Nelissen.

Lies ging zitten en slaakte een diepe zucht.

'Je hebt gelijk', zei ze. 'Ik zal het hem vanavond vertellen.'

Het bleef even stil. Van In had beloofd dat hij de moeder van Helena Bijnens meteen zou verhoren en haar zo spoedig mogelijk zou terugbellen. Het was een geruststellende gedachte.

'Wat is er met Olaerts?'

Nelissen vouwde zijn handen.

'Meneer Olaerts was gedurende meer dan twintig jaar de privé-chauffeur van Rob Schepers. Vorig jaar is hij met vervroegd pensioen gegaan.'

'Dat meen je niet.'

'Waarom zou ik liegen?'

Rob Schepers, voorzitter van de raad van bestuur van de GIM, de Gewestelijke Investeringsmaatschappij, genoot veel aanzien in Limburg. Als hij bij de zaak betrokken was, kon dat wel eens voor narigheid zorgen.

'Het verklaart in ieder geval hoe Stijn bevriend is geraakt met de zoon van Schepers', zei Lies.

'En met die van De Vlaeminck. Als die erbij betrokken is, kunnen we weer lachen.'

Nelissen refereerde aan de heisa die een tijd geleden was ontstaan toen de pers erachter was gekomen dat meneer De Vlaeminck een slippertje had gemaakt met de schepen van Openbare Werken. Niemand heeft zich te bemoeien met mijn liefdesleven had de bouwpromotor nadien boos verklaard, terwijl iedereen toch wist dat hij meer in de bevoegdheden van zijn minnares was geïnteresseerd dan in haar lijf.

'De TT-wijk', zei Lies. 'Dat kan toch geen toeval zijn.'

Nelissen knikte.

Naar verluidt had De Vlaeminck zijn oog laten vallen op de twee leegstaande flatgebouwen aan het Torenplein, waar hij een luxe-hotel met vergaderzalen wilde neerpoten, een realisatie waarvan alle Hasselaars zouden profiteren als daar binnen afzienbare tijd internationale congressen georganiseerd zouden worden. De plannen voor het project lagen klaar, het fiat van het stadsbestuur was het enige wat nog ontbrak.

'Schepers en De Vlaeminck zijn geen katjes om zonder handschoenen aan te pakken', zei hij.

'Maak je geen zorgen, Rudi. Het is winter. Iedereen draagt nu handschoenen.'

'Je bent dus van plan om hen te verhoren?'

'Verhoren is een groot woord, maar ik zie niet in waarom ik met de heren niet even van gedachten zou mogen wisselen.'

Nelissen bemerkte de strijdlustige blik in haar ogen. Zo kende hij haar weer. Samen het onrecht bestrijden, het klonk bijna even ouderwets als vrede aan alle mensen van goede wil.

Iedere stad beschikt over een biotoop waar de rijken het best gedijen. In Hasselt was dat niet anders. Wie een beetje naam had gemaakt, woonde aan de Hollandsveldlaan. De villa die Jean-Pierre De Vlaeminck er betrok, oogde niet lelijker dan de andere bouwsels in de laan. Een beetje nuchter mens wist immers dat esthetiek zich tot geld verhoudt als kaviaar tot koolvis.

‘Hoe klonk hij aan de telefoon?’ vroeg Nelissen toen ze uitstapten.

‘Niet onvriendelijk.’

‘Dat belooft.’

Ze liepen over de keurig geruimde oprit naar de villa, die ruim ‘landinwaarts’ stond. Nog voor Lies de kans kreeg om aan te bellen, zwaaide de voordeur open. Een grijzende man in een zwart pak dat voor een smoking moest doorgaan liet hen met een knikje binnen.

‘Meneer De Vlaeminck zal u meteen ontvangen’, zei hij.

De hal van de villa, het vertrek besloeg de oppervlakte van een doorsnee vakantiewoning, stond volgestouwd met antieke meubelen, hoofdzakelijk vergulde ondingen met bronzen beslag.

De butler liep hen voor naar een antichambre, waar ze mochten plaatsnemen op oncomfortabele Italiaanse designstoelen.

‘Koffie of thee?’ vroeg hij met een geaffecteerde stem.

‘Warme cacao’, zei Lies.

De butler vertrok geen spier. Hij maakte een kleine buiging en trok de deur achter zich dicht.

‘Ik haat windbuilen’, zei Lies.

Nelissen trok zijn wenkbrauwen op. Hij vroeg zich af hoe ze zou reageren als ze straks oog in oog zouden staan met de grote windbuil.

'Meneer kan u nu ontvangen.'

De kleine windbuil hield de deur van de antichambre voor hen open. Lies wierp een blik op haar horloge. Ze was woedend. De Vlaeminck had haar niet alleen meer dan een halfuur laten wachten, hij had haar ook cacao laten serveren die alleen in een bepaalde Duitse warenhuisketen onder die naam mocht worden verkocht en die haar na één slok al brandend maagzuur had bezorgd.

Het kantoor van meneer De Vlaeminck bevond zich aan de andere kant van de hal achter twee gecapitonneerde deuren. Het was kaal en ongezellig. Hetzelfde gold voor de man die in het midden van de kamer achter een imposant bureau zat. Zijn schaarse haar was strak achterovergekamd en plakte aan zijn schedel alsof het erop was gelijmd en zijn ogen waren koud en gevoelloos net als de uitdrukking op zijn gezicht.

'Excuseert u mij dat ik u even heb laten wachten', zei De Vlaeminck toen de butler de deur achter zich dichttrok.

Hij maakte een gebaar waaruit Lies opmaakte dat ze mochten gaan zitten, en ging daarna door met het ondertekenen van stukken waarvan hij er een hele map vol voor zich had liggen.

'Ziezo', zei hij na een poosje.

Hij klapte de map dicht, schroefde het dopje op zijn vulpen en leunde achterover op zijn stoel.

'Waarmee kan ik jullie van dienst zijn?'

'We komen eigenlijk in verband met uw zoon', zei

Lies. 'Maar gezien de ernst van de feiten vond ik het beter eerst met u overleg te plegen.'

Op de politieschool had Lies geleerd dat een goede ondervrager de manier waarop hij iemand aanpakt op diens karakter dient af te stemmen. Een schuchtere mens verhoorde je vertrouwelijk, een gepatenteerde leugenaar moest je voortdurend met zijn eigen leugens confronteren, bangeriken kon je troosten of afdreigen, intellectuelen vielen sneller door de mand als de ondervrager hen kon laten geloven dat zij snuggerder waren dan hij. Mensen als De Vlaeminck overblufte je gewoon. 'Is dit een verhoor, mevrouw?'

Het feit dat De Vlaeminck meteen een defensieve houding aannam, bewees dat ze voor de goede aanpak had gekozen.

'Natuurlijk niet. De tijd dat de politie druggebruikers op staande voet arresteerde is voorbij. Tegenwoordig ligt de nadruk op preventie.'

Nelissen kon zijn ogen haast niet geloven toen Lies vriendelijk naar de bouwpromotor glimlachte. Besefte ze dan niet dat ze met vuur speelde?

'Bent u speciaal naar hier gekomen om me dat te vertellen, mevrouw...'

'Rutten. Lies Rutten.'

De Vlaeminck schroefde het dopje van zijn vulpen en noteerde haar naam in grote forse drukletters. Hij had zijn fortuin niet vergaard door zich door de eerste de beste te laten intimideren. Bovendien was hij goed bevriend met de korpschef. Waarom had die hem hierover niet ingelicht?

'Als Jeroen thuiskomt, zal ik hem daarover interpelleren', zei hij.

Hij keek Lies doordringend aan. Zijn koude ogen bezorgden haar een onbehaaglijk gevoel. Maar ze had a gezegd, dus moet ze ook b zeggen.

'Ik vrees dat een gesprekje niet voldoende zal zijn', zei ze met opzet een beetje neerbuigend.

Nelissen, die de hele tijd met zijn handen in zijn schoot had zitten bidden dat ze ermee zou ophouden, sloeg zijn ogen ten hemel. Hij kende een collega die een schorsing van vier weken had opgelopen alleen maar omdat hij meneer De Vlaeminck had aangemaand zijn wagen die op het zebrapad stond geparkeerd, te verplaatsen. Het incident dateerde weliswaar uit de jaren tachtig, toen Hasselt op een andere manier werd bestuurd dan nu, maar een mens weet maar nooit.

'Wat bedoelt u daarmee, mevrouw Rutten?'

'Ik bedoel wat ik bedoel', zei Lies zelfverzekerd.

Aanvallen, terugtrekken en nu hard toeslaan, dacht ze.

'Legt u me dat dan maar eens uit.'

De Vlaeminck sperde zijn neusvleugels open als een roofdier dat zich klaarmaakt om zijn prooi te verslinden. Lies had hem waar ze hem wilde hebben. Hij stond op het punt zijn zelfbeheersing te verliezen.

'Een gesprek zou misschien volstaan als uw zoon gebruiker was, maar in dit geval...'

'Welk geval?'

De Vlaeminck ging recht op zijn stoel zitten.

'We hebben ernstige redenen om aan te nemen dat uw zoon een dealer is. Begrijpt u nu waarom ik eerst met u overleg wilde plegen? Als de pers hier lucht van krijgt, staat Hasselt op zijn kop.'

O nee, dacht Nelissen. Niet met de pers dreigen, Lies.

'Dat liegt u', schreeuwde De Vlaeminck. 'Mijn zoon is geen dealer.'

'Moet ik dan aannemen dat hij Stijn Olaerts noch Helena Bijnens kent? U leest toch de kranten, meneer De Vlaeminck?'

'Jeroen laat zich niet in met dat soort mensen.'

'Als u daar zo over denkt, kan ik beter opstappen.'

Lies stond op en gaf Nelissen een teken dat hij hetzelfde moest doen.

'Tot ziens, meneer De Vlaeminck.'

'Momentje.'

'Ja?'

Lies draaide zich om en liep met opgeheven hoofd naar hem toe.

'Kunnen we dit niet op een andere manier regelen?'

'Regelen, meneer De Vlaeminck?'

'Uitpraten bedoel ik.'

'Daar ben ik toch voor gekomen.'

Lies ging weer zitten en kruiste haar benen. Genot puren uit het feit dat je macht kunt uitoefenen over een medemens is misschien fout, maar het is een verdomd prettig gevoel.

'Hoe kan ik u helpen, mevrouw Rutten?'

'Je bent stapelgek', zei Nelissen toen ze anderhalf uur later in de auto stapten.

'De gekken beheersen de wereld, Rudi. Als ik het hem gewoon had gevraagd, had hij ons nooit de toestemming gegeven de kamer van Jeroen te doorzoeken.'

Lies had De Vlaeminck ervan weten te overtuigen dat het onderzoek naar de betrokkenheid van Jeroen bij de verdachte overlijdens van Stijn Olaerts en Helena Bijnens zou worden stopgezet als ze op zijn kamer geen grote hoeveelheden drugs aantroffen.

'Eén ding heb ik vandaag in ieder geval geleerd', zei Nelissen toen hij aan het Sint-Martinusplein naar links afsloeg.

'En dat is?'

'Dat ik met jou nooit ruzie zou willen hebben.'

'Als je precies doet wat ik je zeg, is daar geen gevaar voor', lachte Lies. 'En nu naar Kaffee het Schaap. Voor een kop echte cacao.'

In haar handtas zat een in achten gevouwen poster, precies dezelfde als die die ze op de kamer van Stijn Olaerts had gezien, met dit verschil dat de poster die ze bij Jeroen De Vlaeminck had ontdekt niet aan de muur hing maar veilig in een kartonnen rol zat opgeborgen.

'Laten we hopen dat er niet meer van dat soort posters in omloop zijn', zei Nelissen langs zijn neus weg toen ze in de auto stapten.

Lies knikte. Hoewel de waarheid op haar lippen

brandde – Nelissen had haar op de poster herkend – reageerde ze niet op de opmerking die hij maakte.

'Volgens mij bestaat er een verband tussen de dood van Stijn Olaerts, Helena Bijnens en de moord op Anja Verdonk', zei ze ontwijkend. 'Misschien kan ik beter het dossier van Anja opvragen in Brussel.'

Nelissen haalde zijn schouders op.

'Je kunt het altijd proberen', zei hij niet erg enthousiast.

'Wat bedoel je daar nu mee?'

'Gewoon wat ik zeg, Lies. Je hebt zelf gezegd dat ze de zaak destijds na drie dagen geseponeerd hebben. En je weet ook hoe inschikkelijk ze in Brussel zijn als er een verzoek uit de provincie komt.'

'Je hebt gelijk.'

'Het zou mooier zijn als we de zaak van hieruit oplossen.'

'Dat is waar.'

Was het de confrontatie met de poster die haar van slag had gebracht of zat ze te piekeren over iets waarover ze niets kwijt wilde? Nelissen trok een bezorgd gezicht. Het lag toch voor de hand dat ze eerst Jeroen De Vlaeminck moesten verhoren en hem vragen waar hij de poster vandaan had gehaald?

'Ik denk dat ik toch maar naar kantoor ga', zei Lies toen Nelissen aanstalten maakte de parking onder het Kolonel Dusartplein in te rijden.

'Scheelt je iets?'

'Ik voel me niet lekker.'

'Zal ik je naar huis brengen?'

Lies schudde haar hoofd. Moedeloos. Kon ze hem wel vertrouwen?

De radio kraakte. De lijzige stem van adjunct-commissaris Bloemen klonk alsof hij van een andere planeet kwam. Het leek wel of... Zijn woorden gingen verloren. Lies hoorde alleen het geluid van een camerasluiter in haar hoofd: tsie-tchuk, tsie-tchuk, tsie-tchuck... steeds sneller. Ze kneep haar ogen dicht voor het felle licht van de lampen. Een golf van misselijkheid overspoelde haar.

'Zal ik een ommetje maken langs het station?'

'Bweuh.'

Lies sloeg haar hand voor haar mond en gaf met de andere een wanhopig teken dat ze wilde uitstappen. Nelissen reageerde vliegensvlug. Hij ging op de rem staan en zette het zwaailicht aan. Lies gooide het portier open, stak haar hoofd naar buiten en kotste haar maag leeg in de witte sneeuw. Het verkeer op de Guffenslaan vertraagde bij het zien van het tollende zwaailicht. Gelukkig maar, want de politiewagen stond midden op de rijweg.

'Ik roep een dokter op', schreeuwde Nelissen.

Hij greep naar de microfoon van de boordradio.

'Niet doen, Rudi.'

Lies ging weer recht in de passagiersstoel zitten en pakte zijn arm beet.

'Ik ben gewoon misselijk van de cacao.'

Ze trok de klep van het handschoenenkastje open, griste er een pakje zakdoeken uit en veegde een sliert bruin slijm van haar kin.

'Weet je het zeker?'

'Mmm.'

'Echt waar?'

Nelissen zag asgrauw. Zijn maag trok samen van de zenuwen. Vijfentwintig jaar geleden had hij ongeveer hetzelfde meegemaakt met zijn vrouw toen zij zwanger was, en zij had hem toen voor koude kikker uitgescholden omdat hij niet meteen de hulpdiensten had gebeld.

'Echt waar, Rudi. Ik voel me weer prima.'

'Je ziet zo wit als een doek.'

In vijfentwintig jaar had Nelissen een en ander bijgeleerd over vrouwen. Dat ze in alle omstandigheden konden liegen bijvoorbeeld.

'Als ik jou was, zou ik nu maar het zwaailicht afzetten', zei Lies. 'De mensen beginnen nieuwsgierig te worden.'

Ze maakte een hoofdbeweging in de richting van twee dames op leeftijd die het incident met stijgende belangstelling hadden gevolgd. Nelissen deed wat ze hem vroeg, startte de motor en reed met een slakkengangetje naar het station.

'Eet je wel voldoende?'

'Ik eet als een paard, Rudi.'

Lies glimlachte. Eigenlijk vond ze het wel fijn dat iemand zich zoveel zorgen om haar maakte.

'Heb ik gedroomd of heeft Bloemen ons zo-even opgeroepen?'

Nelissen had geen zin om weer over haar blackout te beginnen, dus zei hij gewoon: 'Bloemen informeerde of we mevrouw Bijnens aan het station konden afhalen'.

'Ze arriveert met de trein van tien voor vijf', voegde hij er volledigheidshalve aan toe.

Veerle Bijnens was een mooie vrouw. Ze was modieus gekleed en ze liep als een mannequin. Op een afstand zag ze er niet ouder dan dertig uit.

'Mijn naam is Lies Rutten, en dit is mijn assistent Rudi Nelissen. Mijn innige deelneming bij het overlijden van uw dochter.'

Beide vrouwen drukten elkaar de hand. Daarna was het de beurt aan Nelissen.

'Ik moest u de groeten overmaken van Pieter Van In', zei Veerle Bijnens. 'Aardige man trouwens.'

Ze sprak Limburgs met een licht West-Vlaams accent, wat er op wees dat ze daar al heel lang woonde.

'Ik vind het bijzonder jammer wat uw dochter overkomen is', zei Nelissen.

Hij keek Veerle Bijnens recht in de ogen, maar vond er geen spoor van verdriet. Was het een sterke vrouw of was ze gewoon ongevoelig? Nelissen durfde daarover geen uitspraak te doen, ondanks vijfentwintig jaar ervaring.

'Van In heeft me verteld dat Helena niet heeft geleden', zei Veerle Bijnens. 'En dat is gezien de omstandigheden een troostende gedachte.'

'U wist dat ze aan de drugs was?'

'Dat wist ik inderdaad, mevrouw Rutten.'

'Zegt u maar Lies.'

Veerle knikte goedkeurend.

'Oké, Lies. Wat verwacht je van mij?'

Ziekenhuizen zien er overal een beetje eender uit: strakke betonnen gebouwen met veel glas en groen eromheen. Het Salvatorziekenhuis vormde geen uitzondering op die regel. Hetzelfde gold ook voor mortuaria: kille, steriele ruimtes waar de lijkengeur via de airco met subtiele parfums werd geneutraliseerd. Lies kon zich voorstellen dat mensen die nooit bordjes lazen, de indruk konden krijgen dat ze in een vakantiehuis van het ziekenfonds waren beland. Een jongeman gekleed in een spijkerbroek, T-shirt en een loszittend jasje ging hen voor naar de ruimte waar vrienden en familieleden hun geliefde nog een laatste groet konden brengen. Anders dan in Amerika, waar de gekoelde lijken rechtstreeks uit de muur worden geschoven, legde men in Vlaanderen de afgestorvenen netjes op een bed en rolde ze naar een aparte ruimte die, hoewel het er ongezellig was, de opgebaarden een zekere waardigheid verleende, zelfs als ze een autopsie hadden ondergaan zoals Helena Bijnens. De jongeman met de spijkerbroek, hij was ook verantwoordelijk voor het af- en aanrollen van de doden, vatte post naast het bed en lichtte een stukje van het laken op, zodat iedereen het gezicht van Helena Bijnens kon zien. Nelissen was hier twee jaar geleden ook geweest. Het enige waaraan hij nu kon denken was dat ze nog steeds hetzelfde parfum gebruikten als toen om de lijkenlucht te verzachten: dennengeur. Hij draaide zich om en liep naar buiten, waardoor hij niet merkte dat de ogen van Veerle Bijnens vochtig werden en ze zachtjes begon te huilen.

'Weet je wel zeker dat ik jullie niet tot last zal zijn?' vroeg Veerle Bijnens toen Lies haar de logeerkamer liet zien.

'Natuurlijk niet. In die omstandigheden kun je toch niet in een hotel overnachten.'

'Dank je.'

'Dat is dan geregeld.'

Beide vrouwen liepen de trap af. Lies voelde zich redelijk monter ondanks de gebeurtenissen. Het was begonnen toen ze Veerle Bijnens aan het station de hand schudde en een warme gloed zich van haar meester had gemaakt, gevolgd door gezellige tintelingen op haar voorhoofd. Het was een zeldzaam gevoel dat ze alleen ervoer als ze een gelijkgestemde ziel ontmoette. Tenminste dat dacht ze, want hoe kon je je anders zo goed voelen bij iemand die je amper kende?

'Mijn vriend is wijnliefhebber', zei ze toen ze beneden in de salon zaten. 'Heb je soms trek in een glaasje?'

'Zal hij dat niet erg vinden?'

'Who cares.'

Wim had haar een halfuur geleden gebeld met de mededeling dat het vanavond laat zou worden. Lies stond op, liep naar de kelder en pakte een bestofte fles: een saint-julien van 86, de trots van zijn collectie.

'Je vraagt je waarschijnlijk af waarom ik Helena in de steek heb gelaten', zei Veerle toen Lies haar een glas fonkelrode wijn aanreikte.

'Ik werk bij de politie. Iemand oordelen of veroordelen laat ik aan de professionelen over.'

Lies nam een slokje van de wijn en liet de smaak tegen het achterste van haar verhemelte ontplooien. De warmte van de zon die de druiven had doen rijpen barstte los in haar mond en vermengde zich met de smaak van bessen, een beetje hout en een vleugje noten en kiezel.

Het gezicht van Veerle verstrakte. Ze bracht het glas aan haar lippen en dronk het in één teug leeg. Als Wim dit had gezien, had hij ter plekke een rolberoerte gekregen.

'Laat het me anders formuleren', zei ze. 'Als een rechter me had voorgesteld de nacht bij hem thuis door te brengen, had ik stante pede een taxi naar Brugge genomen.'

'Ik vrees dat ik je niet kan volgen.'

'Moet ik er een tekening bij maken?'

Veerle maakte een obsceen gebaar, waardoor de sfeer plotseling omsloeg van gemoedelijk naar grimmig. De manier waarop ze lachte had iets decadents.

'Je moet ze niet allemaal over dezelfde kam scheren', reageerde Lies voorzichtig.

Veerle pakte de fles en schonk ongevraagd een nieuw glas wijn in.

'Hoeveel rechters ken jij?'

'Een stuk of drie.'

'Ik heb er vierendertig gehad', zei Veerle. 'Vier ministers, achtenvijftig advocaten, negentien chirurgen en een bisschop.'

'Je maakt een grapje.'

'Nee, Lies. Ik maak geen grapje.'

'Moet ik daaruit concluderen dat jij...'

Veerle knikte nog voor Lies de zin kon afmaken.

'Het was mijn broodwinning en daar schaam ik me niet voor', zei ze.

'Jezus.'

'Nee, die heb ik nooit gezien.'

Was het de wijn die Veerle parten speelde of probeerde ze het verdriet om de dood van haar dochter te verbergen achter een dosis cynisme? Waarom had Van In niets over haar verleden gezegd? Lies keek de vrouw die voor haar zat meewarig aan.

'Heb je zin om erover te praten?'

'Is er iets op de televisie?'

'Ik denk het niet.'

Toen Veerle haar glas opnieuw volschonk, liep Lies naar de kelder, pakte de voorlaatste fles saint-julien en liep in gedachten verzonken de trap op. Het kon toch niet waar zijn dat Anja en Veerle Bijnens dezelfde heren hadden gediend? Was het daarom dat ze zich verbonden voelde met haar gaste?

'Waar ga je naartoe?'

Nelissen trok zijn jasje aan en gaf zijn vrouw een zoen op haar voorhoofd.

'Ik moet nog even iets regelen in verband met de zelfmoord in de TT-wijk.'

'In burger?'

'Ja, in burger.'

Op de televisie liep een soap en daarna stond een romantische komedie geprogrammeerd. Ze zou zich niet vervelen.

'Blijf je lang weg?'

'Dat weet ik nog niet', zei Nelissen.

Hij trok voorzichtig de deur van de woonkamer achter zich dicht en liep door de gang naar buiten. De weersvoorspellers hadden voor een keer gelijk, de sneeuwlaag groeide zienderogen aan. Het was alleen jammer dat de strooidiensten het sprookjesachtige landschap aan het verknoeien waren. Nelissen herinnerde zich nog de tijd dat automobilisten hun rijgedrag aan de weersomstandigheden aanpasten en er alleen sneeuw werd geruimd als de wegen echt onberijdbaar waren, maar tegenwoordig eiste de consument gladde droge wegen, zelfs een laagstaand zonnetje was er te veel aan. Van zijn huis tot aan de Kom was het amper tien minuten lopen. Nelissen haalde diep adem en snoof de koele avondlucht op. Zoals de meeste middelgrote steden in Vlaanderen lag ook Hasselt er 's avonds verlaten bij. Met uitzondering van een paar oudere mannen die de hond uitlieten en een jong stel dat hartstochtelijk stond te zoenen in een portiekje kwam hij niemand tegen. De poster bleef hem dwarszitten. Waarom deed Lies geen enkele poging om de oorsprong van het ding na te trekken?

Als uitbaters van discotheken het voor het zeggen hadden, zouden ze de nacht bevelen het daglicht te verdringen, ja zelfs de avond, want die bracht ook niets op. Toen Nelissen de discotheek aan de Kom binnenkwam, was het kwart voor negen. De dansvloer was leeg, het personeel stond gezellig te kletsen aan de bar. Een van hen, een meisje met geel piekhaar en zwaar opgemaakte ogen, wierp een argwanende blik in zijn richting, maar ze bedwong haar lach toen hij een cola bestelde en haar een briefje van twintig toestopte.

'Ik maak een reportage over het uitgaansleven in Hasselt voor *Het Belang van Limburg*', zei hij.

'Incognito?' vroeg het meisje een beetje spottend.

'Val ik dan zo erg op?'

'Nu nog wel', zei ze.

Nelissen zei dat ze het wisselgeld mocht houden. Het meisje glimlachte en liep heupwiegend terug naar de bar. Ofwel sprak de oude de waarheid of hij was op zoek naar een groen blaadje. Wat er ook van zij, het zou hem geld kosten. Nelissen nipte van zijn cola en probeerde zich voor te stellen hoe het drankje zou smaken met een maatje whisky. Het lukte. Zijn hoofd werd lichter. De muziek deed de rest.

Een halfuur later voelde hij zich twintig jaar jonger. Het kostte hem drie cola's en evenveel briefjes van twintig om het vertrouwen van de serveerster te winnen. Het is de bedoeling dat ik vier jongeren interview, fluisterde hij in haar oor. Twee uit de gegoede en twee uit de minder gegoede klasse. Ik wil aantonen dat de jongeren die over minder geld beschikken zich evengoed kunnen amuseren als hun meer fortuinlijke leeftijdsgenoten. Het meisje moest lachen om zijn taalgebruik, maar toen hij haar twintig euro extra beloofde als ze hem Jeroen De Vlaeminck kon aanwijzen als hij kwam opdagen, knikte ze gretig. Het geld was zo goed als binnen, want Jeroen kwam hier bijna iedere avond over de vloer.

'Mijn dochter is vermoord omdat ze niet kon verdragen dat mij onrecht is aangedaan. Begrijp je dat, Lies?'

Veerle had in haar eentje bijna twee flessen saint-julien leeggemaakt. Ze lag languit op de bank en rookte de ene sigaret na de andere. In de loop van de avond had ze met horten en stoten haar levensverhaal verteld, een verhaal waarin menige deftige bekende Vlaming een prominente rol speelde, en ze had Anja Verdonk gekend.

Hoewel Lies niet rookte, had ze ook zin om een sigaret op te steken, maar dat kon niet gezien haar toestand. Dus haalde ze de laatste fles saint-julien uit de kelder. Op het moment dat ze het loden omhulsel om de hals losscheurde, hoorde ze de voordeur dichtslaan. Lies had Wim leren kennen op een degustatieavond in Genk. Zij was ernaartoe getrokken omdat ze zich verveelde, hij omdat wijn zijn passie was. Ze herinnerde zich nog dat de avond chaotisch was verlopen toen Wim de vertegenwoordiger van het wijnhuis dat de avond sponsorde, in de rede was gevallen toen hij een Chileense wijn prees met het argument dat Zuid-Amerikaanse cru's de toets met een goede medoc konden doorstaan. Het relletje had de gemoederen zo verhit dat niemand na afloop iets had besteld. De wijnverkoper had Wim dat zeer kwalijk genomen en hem de grofste beledigingen naar het hoofd geslingerd. Wim had de scheldpartij beleefd gepareerd en iemand uit het publiek uitgedaagd een blinde test te doen: een Chileense grand cru tegen een ordinaire medoc. Lies had zich als vrijwilliger opgegeven en de Chileense wijn verkozen boven de Franse. Twee dagen later was Wim bij haar komen aanbellen met een kist medoc. Hij was pas tegen de ochtend weer naar huis gegaan.

'Hallo.'

Lies probeerde opgewekt te lachen, maar toen Wim het dronken 'mens' op de bank zag liggen en zich realiseerde dat ze zich met zijn op één na duurste wijn had bezat, ging hij hoofdschuddend zitten.

'Waarom heb je mij dit aangedaan?' vroeg hij moedeloos.

'Je gaat toch niet zeuren over een paar flessen saint-julien?'

'Nee', zuchtte Wim. 'Je had evengoed de Pétrus kunnen nemen.'

'Ben je boos?'

'Wat is boos?'

'Oké.'

Lies haalde diep adem.

'In vino veritas', zei ze.

'Hou toch op, Lies.'

'Ik ben zwanger, Wim. Zullen we hem Julien noemen of geef je de voorkeur aan Petrus?'

'Jezus.'

Veerle hief haar hoofd op.

'Ik heb je toch al gezegd dat ik die nooit heb gehad gehad', zei ze met een dubbele tong.

'Kun je me vertellen wat dit te betekenen heeft?'

'De vrouw op de bank of de baby?'

Wim pakte de fles saint-julien, ontkurkte ze en schonk een glas in.

'Je weet toch dat ik die flessen voor een speciale gelegenheid heb bewaard.'

'Je kunt mij in ieder geval niets verwijten', lachte Lies.

'Nee', zei Wim.

Hij nam een slok van de wijn, zette zijn glas op een bijzettafeltje en begon te huilen als een kind. Een mooier cadeau had Lies zich niet kunnen voorstellen.

'We moeten eens ernstig met elkaar praten', zei Nelissen toen Lies om vijf over negen het kantoor binnenkwam.

'Dat heb ik al gedaan', zei ze monter.

Ze kon nog altijd niet geloven dat Wim, de man die vond dat de wereld aan overbevolking ten onder zou gaan, gisteren de Pétrus had ontkurkt en die samen met Veerle had leeggedronken. Het Vlaamse zaad heeft de orkaan doorstaan was maar een van de schunnige liedjes die hij had aangeheven.

'Het gaat over de foto's', zei Nelissen ernstig.

'Welke foto's?'

'Je weet welke foto's ik bedoel.'

'Je bent er dus zelf achter gekomen?'

Op dat moment ging de telefoon over. Lies nam op.

'De hoofdbibliothecaris', zei ze met haar hand voor het mondstuk toen Nelissen haar vragend aankeek.

'En?'

Lies maakte een afwerend gebaar.

'Hebt u de hulpdiensten verwittigd?' vroeg ze.

Joris Moens had het vroeger al eens meegemaakt: een dode in de bibliotheek. Toen was het een tienermeisje dat zich in de toiletten had verhangen, vandaag ging het om een van zijn stafleden.

'De arts van het medisch urgentieteam heeft de nodige vaststellingen gedaan waaruit blijkt dat het slachtoffer dood is', zei hij in het ambtenaars.

'Oké', zei Lies. 'We komen onmiddellijk.'

Ze legde de hoorn neer.

'Wat is er gebeurd?'

'Raf Swennen is dood', zei Lies.

'Zelfmoord?'

'Ik denk het niet.'

De foto's. Hoe was Nelissen in vredesnaam achter het bestaan ervan gekomen? Het was allemaal zo lang geleden. Anja had haar voor de sessie dronken gevoerd en daarna waren ze de studio ingedoken. Toen de fotograaf Lies had gevraagd of ze bepaalde nogal expliciete poses wilde aannemen, had ze verontwaardigd gereageerd, maar uiteindelijk had ze zich laten overhalen door Anja om het toch te doen. Het resultaat loog er niet om. De foto's waren ronduit vulgair. Toen Lies de fotograaf daarover alsnog interpelleerde, had hij haar het contract laten lezen dat ze voor de sessie had ondertekend en waarin klaar en duidelijk vermeld stond dat het model afstand deed van alle rechten. Hij had haar ook onomwonden gezegd dat hij een hekel had aan hypocriete trutten die zich niet te beroerd voelden om het met rijke mannen te doen, maar moord en brand schreeuwden als ze 'hun marchandise' voor de lens moesten uitstallen. Ik ben geen hoer, had Lies woedend geschreeuwd. Nee, natuurlijk niet, had de fotograaf meesmuilend opgemerkt. Met het geld dat ze voor haar prestatie ontving, had Lies een aantal achterstallige afbetalingen geregeld, want daarvoor had ze het uiteindelijk gedaan. Van toen af was ze nooit meer met Anja opgetrokken. Wat er met de foto's was gebeurd, had ze nooit kunnen achterhalen.

'Heb je de foto's gezien?' vroeg Lies toen ze in de auto stapten.

Nelissen knikte.

'Jeroen De Vlaeminck heeft ze uit de collectie van zijn vader gejat. De posters hebben ze in een fotokopiecentrum laten maken.'

'Hebben ze nog andere posters gemaakt?'
'Alleen van Anja.'
'Ze was ook veel aantrekkelijker dan ik.'
Ze klonk een beetje ontgoocheld, ondanks het schaamrood dat haar wangen kleurde.

De hoofdbibliothecaris, een pezige vijftiger met heldere energieke ogen, wachtte hen op aan de hoofdingang onder de glazen luifel. Hij zag een beetje bleekjes, maar voor de rest wees niets erop dat hij aangeslagen was. Hij drukte Lies en Nelissen stevig de hand en begon meteen aan zijn relaas. Dat deed hij met zoveel animo dat Lies eerst dacht dat hij het lijk van Swennen had ontdekt.
'Nee, mevrouw. Het is een van mijn medewerkers die de akelige ontdekking heeft gedaan.'
Ze liepen de trap af naar de kelderverdieping, waar het archief was ondergebracht. Het rook er naar muf papier en oud leer. De bibliothecaris ging hen voor naar de ruimte waar Swennen op een tragische manier om het leven was gekomen, de kamer waar de compactstapeling was geïnstalleerd.
'Verpletterd worden door je eigen archief, het zal je maar overkomen', zei Nelissen toen de bibliothecaris hen tussen de rekken naar de plek loodste waar het levenloze lichaam van Swennen was aangetroffen en waar behalve een paar ingedrukte ruggen van archiefdozen niets erop wees dat hier iemand een gewelddadige dood was gestorven.
'Ik veronderstel dat het mechanisme van het systeem beveiligd is?' zei Lies.

'Er is een technicus onderweg', zei de bibliothecaris. 'Maar voorzover ik het kan beoordelen functioneert het systeem foutloos.'

'Een ongeluk is dus uitgesloten?'

'Ik denk het wel, mevrouw.'

Lies liep terug naar het middenpad. Ten eerste vond ze het een beetje griezelig tussen de rekken en ten tweede wilde ze eventuele sporen niet besmetten. Nelissen trok handschoenen aan en draaide voorzichtig aan het wiel. Het rek gleed soepel en geluidloos terug op zijn plaats.

'Wil jij de wetsdokter voor me bellen, Rudi? Ik wil weten wanneer meneer Swennen is gestorven.'

'Komt in orde.'

Nelissen pakte zijn mobieltje en toetste een nummer in. Lies wendde zich tot de hoofdbibliothecaris.

'Bewaart u hier bezwarende documenten?' vroeg ze.

'Wat verstaat u onder bezwarende documenten, mevrouw?'

'Stukken die niet voor het publiek toegankelijk zijn en gegevens bevatten die de reputatie van iemand uit de regio onherstelbare schade kunnen berokkenen.'

'Raf verzamelde alle documenten waarop hij de hand kon leggen, tot verkiezingsdrukwerk toe', zei de hoofdbibliothecaris. 'Af en toe waren er ook schenkingen van privé-personen, maar of hij die allemaal catalogiseerde weet ik niet. Raf werkte meestal in totale afzondering. Hij besliste autonoom wat bewaard werd en wat niet.'

Lies knikte. Als Swennen vermoord was vanwege een bezwarend stuk in het archief, was de kans groot dat de moordenaar het bezwarend stuk had meegenomen.

'De wetsdokter laat je groeten', zei Nelissen. 'Volgens hem is meneer Swennen gisteravond tussen halfacht en halfnegen gestorven. Vermoedelijke doodsoorzaak: een ingedrukte borstkas.'

'Hoe laat gaat de bibliotheek dicht?'

'Om negentien uur, behalve op woensdag. Dan gaan we om zestien uur dicht.'

'Wie heeft er gisteren het gebouw afgesloten?'

'Raf Swennen', zei de hoofdbibliothecaris.

De bibliotheek telde vijf afdelingshoofden, die elk om beurt verantwoordelijk waren voor het afsluiten van het complex.

'Waren alle deuren vanochtend nog afgesloten?'

'Ik denk het wel.'

'De sleutels', zei Lies.

Nelissen pakte zijn mobieltje en belde de mensen van de technische recherche. Het gesprek duurde amper een halve minuut.

'Ze hebben geen sleutels gevonden', zei hij.

Lies knikte.

'Dan heeft de moordenaar ze meegenomen', zei ze.

'Bedoelt u daarmee dat hij van plan is om nog eens toe te slaan?'

'Dat zou me verbazen, meneer Moens. Volgens mij had de man of vrouw die Raf Swennen vermoordde alleen interesse voor bepaalde stukken die hier in het archief bewaard worden.'

'Gelukkig maar.'

De hoofdbibliothecaris kreeg weer wat kleur ondanks de lugubere gebeurtenis die zich op zijn werkvloer had afgespeeld.

'Kan ik jullie een kop koffie aanbieden?' vroeg hij plotseling.

'Nee, dank u', zei Lies verstrooid.

In gedachten overliep ze de gebeurtenissen van de voorbije dagen. Stijn Olaerts had zich voor student uitgegeven en Raf Swennen aangeschreven met de vraag of hij het archief mocht raadplegen. De brief was getypt en opgesteld in een taal die niet bij hem paste, want hij was geen student. Daarna was hij op een ongelukkige wijze om het leven gekomen, net als het meisje met wie hij samenhokte in een leegstaand appartementsgebouw. Pikant detail was dat het gebouw de inzet was van een belangenstrijd tussen een machtige vastgoedmakelaar en het stadsbestuur. In de gekraakte flat had Lies bovendien een envelop aangetroffen met daarop het adres van de ouders van Anja Verdonk, met wie ze bij Financiën een tijdje had samengewerkt, maar die daarna vrij vlug in het prostitutiemilieu was beland. Toen Lies op een dag met een acuut geldprobleem geconfronteerd werd, had Anja haar meegetroond naar een obscure fotograaf voor een pornografische fotosessie. Een van de foto's die toen genomen waren had ze na al die jaren teruggezien in de kamer van Stijn Olaerts. Een tweede exemplaar van de foto had ze bij de zoon van de vastgoedmakelaar aangetroffen. En nu was ook de archivaris van de bibliotheek op een geheimzinnige manier om het leven gekomen. Helemaal ongelooflijk was dat de moeder van Helena Bijnens ook een tijdje in het Brusselse callgirl-circuit had meegedraaid.

'Ben je bang dat de foto's je je carrière gaan kosten?' vroeg Nelissen toen ze in de auto stapten.

Het was duidelijk dat de zaak onlosmakelijk met de foto's verbonden was. Als Lies het mysterie oploste, zouden die zeker ter sprake komen. Ze zou erop afgerekend worden. Vlaanderen mocht dan tolerant zijn, een hoofdinspecteur van politie met een pornografisch verleden zou de goegemeente niet tolereren. Of hoe vijfentwintigduizend frank, zoveel had ze voor de fotosessie opgestreken, iemands leven grondig kunnen vergallen. Ze mocht er niet aan denken hoe Wim zou reageren als hij erachter zou komen dat de vrouw die zijn kind droeg zich voor het maken van pornografische foto's had geleend.

'Ik kan het nog altijd in de privé-sector proberen', zei Lies.

'Maak je maar geen zorgen', zei Nelissen. 'Zo'n vaart zal het niet lopen.'

De boordradio kraakte.

'Ik vraag me af wat er nu weer aan de hand is', zuchtte Lies.

Hoofdcommissaris Eerdekens, korpschef van de Hasseltse politie, stond bekend om zijn pragmatisch beleid. In normale omstandigheden was hij de vriendelijkheid zelve, maar toen Lies en Nelissen zijn kantoor binnenkwamen, schoten zijn ogen vuur.

'Gaat u zitten.'

Hij bevochtigde zijn bovenlip met zijn tong en keek zijn ondergeschikten woedend aan.

'Ik kan alles uitleggen', zei Lies, die dacht dat het over de foto's ging. 'Tenzij u wenst dat ik meteen ontslag neem', voegde ze er plagerig aan toe.

De hoofdcommissaris fronste zijn wenkbrauwen. Lies Rutten ontslaan was net hetzelfde als een van zijn vingers laten amputeren. Hij kon haar niet missen.

'Het gaat niet over u maar over Nelissen, wiens directe overste u bent. U bent hier als getuige, mevrouw Rutten.'

Lies probeerde haar gezicht in de plooi te houden. Eerdekens was een man van de ouderwetse stempel, voor wie gezag geen ijdel woord was. Maar wie hem kende, wist dat hij graag een nummertje opvoerde. Zijn woedebuien waren legendarisch, maar ze dreven even vlug weer over. Nelissen, die er veel meer dienstjaren had opzitten dan Lies, koos bewust voor de korte pijn.

'Als ik iets verkeerds heb gedaan, bied ik u daarvoor mijn verontschuldigingen aan, meneer de hoofdcommissaris', zei hij.

Eerdekens keek hem hoofdschuddend aan.

'Met verontschuldigingen komt u dit keer niet vrij, meneer Nelissen. Waar haalt u in vredesnaam het lef vandaan om de zoon van Jean-Pierre De Vlaeminck met de dood te bedreigen? Bent u helemaal gek geworden?'

Lies keek naar Nelissen, maar haar collega gaf geen krimp.

'Ik heb niemand met de dood bedreigd', zei hij effen.

'Is dat zo?'

'Inderdaad, meneer de hoofdcommissaris. Ik heb Jeroen De Vlaeminck alleen een paar vragen gesteld.'

'Ik heb het anders gehoord.'

'Iedereen is onschuldig tot het tegendeel is bewezen', zei Nelissen.

Gisteren in de discotheek had hij Jeroen De Vlaeminck met een smoes naar buiten gelokt, naar de plaats waar het lijk van Stijn Olaerts aan de oppervlakte was gekomen. Kereltjes met rijke vaders waren zich meestal bewust van hun onschendbaarheid. Hen op een normale manier verhoren leverde nooit resultaat op omdat papa bij de minste intimidatie een legertje advocaten inschakelde. Om al die rompslomp te vermijden had Nelissen de loop van zijn pistool tegen het linkeroog van het kereltje gedrukt en hem tien seconden de tijd gegeven om te zeggen waar hij de poster vandaan had gehaald. De rest was kinderspel.

'Je hebt hem met de dood bedreigd, Nelissen.

Meneer De Vlaeminck is in alle staten. Hij dreigt ermee mij voor de rechter te slepen.'

'Dat is het recht van iedere burger', zei Nelissen. 'Ik heb de jongen alleen een paar vragen gesteld.'

'U bent godverdomme de villa van meneer De Vlaeminck binnengedrongen', schreeuwde Eerdekens.

'Niet binnengedrongen, meneer de hoofdcommissaris. Jeroen De Vlaeminck heeft me netjes binnengelaten.'

'Had u daar iets te zoeken?'

Nelissen rechtte zijn rug en keek zijn overste recht in de ogen.

'Wat had ik dan moeten doen? Hem laten oppakken wegens openbare dronkenschap?'

Nelissen vertelde in een paar woorden een andere versie van het verhaal. Het kwam erop neer dat hij Jeroen De Vlaeminck op de parking van de discotheek had betrapt toen hij ladderzat in zijn auto wilde stappen en hij hem met zachte dwang had aangemaand een taxi te bellen.

'Toen de jongen weigerde op mijn voorstel in te gaan, heb ik hem zelf thuisgebracht', zei Nelissen. 'Kwestie van geen schandaal te veroorzaken. Zijn vader zou me dankbaar moeten zijn.'

Eerdekens had hem natuurlijk kunnen vragen wat hij in zijn vrije tijd op de parking van de discotheek uitvoerde, maar in plaats daarvan krabde hij in zijn haar. De versie die Nelissen van de feiten gaf klonk ongeloofwaardig, maar in ieder geval aannemelijker dan het verhaal dat Jean-Pierre De Vlaeminck over de telefoon had opgehangen. Het feit dat hij noch zijn vrouw thuis was toen hun zoon werd thuisgebracht, sprak in het voordeel van Nelissen.

'Ik hoop dat u gelijk hebt', zei hij.

'Natuurlijk heb ik gelijk, meneer de hoofdcommissaris. U kent me toch. In al die jaren die ik bij de politie werk, heb ik nog nooit mijn wapen getrokken.'

'Daar heeft hij een punt', zei Lies.

Ze keek Nelissen aan. Had hij de zoon van De Vlaeminck werkelijk naar huis gebracht omdat hij bezorgd was om diens veiligheid?

'Ik zal zien wat ik kan doen', zei Eerdekens. 'Maar als ik jullie was, zou ik de familie De Vlaeminck voorlopig met rust laten.'

'Daar kunt u op rekenen, meneer de hoofdcommissaris', glimlachte Lies.

Het gezicht van Eerdekens klaarde op. Hij had nog een jaar voor de boeg voor hij met pensioen ging. Wat er daarna gebeurde kon hem niet schelen, zolang het nu maar rustig bleef.

'Hoe zit het trouwens met het onderzoek?'

'Prima', zei Nelissen. 'Met een beetje geluk krijgen we het nog rond voor Kerstmis.'

Hoewel Lies haar oren niet kon geloven, hield ze wijselijk haar mond.

'Je bent benieuwd zeker', zei Nelissen toen ze door de gang naar hun kantoor liepen.

'Met jou val ik van de ene verbazing in de andere, Rudi.'

'Ik heb vannacht zitten nadenken', zei Nelissen.

De realiteit was dat zijn vrouw hem naar de sofa had verbannen, een doorgezakt ding waar hij nooit de slaap kon vatten, zelfs niet nadat hij stiekem een borreltje had genuttigd. Op de sofa de nacht doorbrengen en stiekem borreltjes nuttigen, het overkwam hem de laatste tijd steeds vaker.

Nelissen liep naar het koffiezetapparaat en vulde de filter met een royale hoeveelheid koffie.

'Stel dat de moordenaar van Swennen in de archiefzaal niet heeft gevonden wat hij zocht.'

'Dat lijkt me nogal onwaarschijnlijk', zei Lies. 'Waarom zou Swennen hem dat dan niet gegeven hebben? Je gelooft toch niet dat een ambtenaar zijn leven zou geven voor een document dat hem is toevertrouwd?'

Ze had het destijds zelf meegemaakt toen ze nog in Brussel bij Financiën werkte, waar sommige belastingplichtigen, maffiosi die voor niets terugdeinsden, ambtenaren in niet mis te verstane bewoordingen duidelijk maakten dat er hen wel iets zou kunnen overkomen als ze de op het aanslagbiljet vermelde cijfers in twijfel durfden te trekken. Niemand die het waagde die dossiers te verifiëren.

'Swennen kende niet alleen de bergplaats van de documenten, hij wist ook wat erin stond. Daarom is hij vermoord.'

Het koffieapparaat begon te pruttelen.

‘Als Swennen over een document beschikte dat de moordenaar in diskrediet kon brengen, kende hij ook de inhoud ervan. Misschien beschikte hij wel over kopieën of kende hij mensen die het origineel konden reproduceren als de tijd daarvoor rijp was.’

‘Ik kan je niet volgen, Rudi.’

‘Volgens mij zijn Stijn Olaerts, Helena Bijnens en Raf Swennen vermoord omdat ze iets wisten dat alleen gestaafd kon worden met een document dat...’

‘De kisten?’

‘Juist.’

‘Buiten Swennen weet niemand precies wat er in de kisten in zijn “schatkamer” zit.’

‘En zijn opvolger dan? Zal die niet benieuwd zijn naar de erfenis die zijn voorganger hem heeft nagelaten?’

‘Er is maar één manier om daar achter te komen’, zei Nelissen.

‘De kisten openmaken?’

‘Hoe kun je het raden?’

Lies pakte de koffiepot en twee koppen. Sinds Nelissen weer af en toe een borreltje dronk, was zijn deductievermogen er in ieder geval niet op achteruitgegaan.

‘Eén kopje en we gaan ten aanval’, zei ze.

‘Uw verzoek is niet evident’, zei de hoofdbibliothecaris toen Lies hem vroeg of ze de kisten mochten laten openmaken.

‘Dat weet ik, meneer Moens. Maar...’

‘Als we de onderzoeksrechter om een bevel vragen, is de kans groot dat hij de hele collectie in beslag laat nemen’, onderbrak Nelissen. ‘Met alle gevolgen van dien.’

‘Wat bedoelt u daarmee?’

‘Dat “hoofdbibliothecaris helpt mysterieuze moorden oplossen” in de krant mooier oogt dan “hoofdbibliothecaris gooit roet in het eten”’, zei Nelissen.

Je kunt mensen op verschillende manieren van iets proberen te overtuigen. De aanpak van Nelissen was ongetwijfeld de beste, want de hoofbibliothecaris greep naar de telefoon en belde de klusjesman, die net in de kelder een uiltje aan het knappen was.

‘Ik ben onder de indruk’, zei Lies toen ze door de wirwar van gangen naar de schatkamer liepen.

‘Ik los alleen mijn schuld af’, reageerde Nelissen nogal geheimzinnig.

Terwijl de klusjesman de kisten openschroefde, belde Lies Wim met de mededeling dat ze wat later thuis zou komen. Of hij het middageten in de oven wilde zetten.

‘Dat moet je meer doen’, zei Nelissen toen ze haar mobieltje in haar handtas stopte. ‘Mannen hebben af en toe een zetje nodig.’

De eerste kist bevatte een eerste druk van de encyclopedie van Diderot-D’Alembert, een puntgave editie waarop wijlen Raf Swennen bijzonder trots was. In de tweede kist werd een middeleeuws handschrift van onschatbare waarde bewaard.

'Ik begrijp niet wat jullie hier hopen te ontdekken', zei de hoofdbibliothecaris.

Hij had de politiemensen ervan proberen te overtuigen genoegen te nemen met de inventaris die Raf Swennen een paar jaar geleden van de collectie had gemaakt, maar op dat voorstel waren ze niet ingegaan.

'Wacht even.'

Lies boog zich voorover toen de klusjesman de derde kist openmaakte. Tussen de vochtregelende korrels lag een donkerbruine envelop. Ze haalde ze er uit en scheurde de klep open.

'Moet je dit zien.'

De envelop bevatte een aantal brieven met Chinese karakters. Of waren het Japanse?

'Swennen was oriëntalist', zei de hoofdbibliothecaris. 'Het is toch normaal dat...'

Midden in de zin besefte hij dat hij onzin aan het uitkramen was. De brieven zagen er redelijk recent uit. Waarom zou Swennen de moeite hebben gedaan om ze hier te verstoppen?

'We hebben iemand nodig die dit kan vertalen', zei Lies.

Nelissen knikte. Hij belde prompt de officier met wachtdienst en gaf hem de opdracht stante pede een beëdigd vertaler te vorderen.

'Er komt iemand uit Izegem', zei Nelissen toen de officier met wachtdienst een halfuur later terugbelde.

'Izegem?'

'Izegem, West-Vlaanderen', glimlachte Nelissen. 'Ik verwacht haar over een uur of drie.'

Lies wierp een blik op haar horloge, stopte de brieven in haar handtas, bedankte de hoofdbibliothecaris voor de medewerking en gaf Nelissen een teken dat hij mee moest komen.

'Waarom zo'n haast?' vroeg Nelissen toen ze er flink de pas in zette.

'Breng me als de bliksem naar het station. Ik vertel je alles wel in de wagen.'

Veerle Bijnens had haar gisteren een merkwaardig verhaal verteld over een seksorgie waaraan zij en nog een aantal callgirls waaronder ook Anja Verdonk hadden deelgenomen. Op het bacchanaal dat in een chique villa werd gehouden, was behalve een paar Vlamingen ook een Japanner aanwezig. Het was er nogal ruig aan toegegaan, vooral de Japanner was wild tekeergegaan. Drie dagen later had Veerle in de krant gelezen dat het zwaar verminkte lijk van Anja Verdonk in een vuilniscontainer bij het slachthuis van Anderlecht was aangetroffen.

'Het is in ieder geval een merkwaardig toeval', zei Nelissen toen Lies hem alles had verteld. 'Wat ik niet begrijp is dat iemand als Stijn Olaerts daar achter kon komen.'

'Hij was bevriend met de zoon van Schepers en met die van De Vlaeminck, en hij woonde samen met Helena Bijnens.'

'Dat bewijst nog niets, Lies.'

'Geduld, Rudi.'

Toen de politiewagen knarsend voor de hoofdingang van het station tot stilstand kwam, gooide Lies het portier open en rende naar binnen. Het was zeven over een. De trein richting Brugge reed het station binnen. Toen Lies de trap afholde en de tunnel indook die naar de perrons leidde, gleed ze uit op de natte sneeuwsmurrie die de vloer gevaarlijk glad had gemaakt en ze was zeker gevallen als een vriendelijke medewerker van de NMBS haar niet bij de arm had vastgegrepen. Lies bedankte de man met een knikje, rukte zich los en rende door. De man die haar voor een lelijke val had behoed, keek haar hoofdschuddend na.

'Veerle.'

Een aantal passagiers was al ingestapt. Lies keek wanhopig om zich heen.

'Veerle!' schreeuwde ze opnieuw.

'Zoek je mij?'

Lies draaide zich bruusk om.

'Toen ik je als een gek zag voorbijrennen, ben ik weer uitgestapt', lachte Veerle.

'Goddank', hijgde Lies. 'Voor je vertrekt, wil ik je nog even iets laten zien.'

Het kostte Nelissen niet veel moeite om een foto van Schepers en De Vlaeminck op de kop te tikken. Beide heren stonden immers graag de pers te woord. Een telefoontje naar de redactie van de plaatselijke krant was voldoende. Nog geen halfuur later mocht hij de foto's daar gaan ophalen.

'Herken je ze?' vroeg Lies.

Ze gaf de foto's aan Veerle, die naast haar op de achterbank van de politiewagen zat.

'Die in ieder geval', zei ze. 'Maar die. Nee. Nooit gezien.'

'Was hij ook aanwezig op de seksfuif in Brasschaat?'

'En of hij aanwezig was.'

Veerle illustreerde die bewering met een anekdote die zelfs Nelissen rode oortjes bezorgde.

'Ik wist alleen niet dat hij in Hasselt woonde.'

'Een seksfuif bijwonen is geen strafbaar feit', zei Nelissen toen ze Veerle weer aan het station hadden afgezet.

'Iemand laten vermoorden is dat wel', reageerde Lies vastberaden.

'Zullen we hem dan arresteren?'

'Nog niet, Rudi. Ik wil de weduwe van Raf Swennen eerst nog een bezoekje brengen. Heb je zijn adres?'

Nelissen knikte.

'Wil je me daar dan afzetten?'

'Mag ik niet mee naar binnen dan?'

'Nee', zei Lies. 'Terwijl ik een praatje met mevrouw Swennen maak, moet jij...'

Ze boog naar links en fluisterde iets in zijn oor.

'Daarvoor heb je een bevel van de onderzoeksrechter nodig, Lies. Dat weet je best.'

'Je kent daar toch mensen.'

'Er is een verschil tussen kennen en... kennen. Ik zou me prettiger voelen als ik wist dat de onderzoeksrechter hiermee akkoord gaat.'

'Laat die maar aan mij over, Rudi.'

Hoewel politieke benoemingen bij de magistratuur in principe niet meer worden gedaan, wist Lies uit goede bron dat de politieke overtuiging van de dienstdoende onderzoeksrechter niet die van de verdachte was. Bovendien deden ze technisch gezien niets illegaals. Het bevel tot huiszoeking zou alleen iets later komen. Tenminste dat hoopte ze.

'Het is in ieder geval niet zo erg als een jongen met een pistool bedreigen', zei Lies, die zich nog steeds afvroeg wat Nelissen had bezield om de zoon van De Vlaeminck op die manier te intimideren.

'Ik beloof niets', zei Nelissen nogal weerbarstig.

'Doe het voor mij, Rudi.'

'Je weet dat ik voor jou door het vuur zou gaan, Lies.'

'Ja, dat weet ik.'

Hij haalde diep adem en gaf haar een vaderlijke glimlach.

'We zien elkaar straks op het bureau', zei Lies toen ze uitstapte.

De weduwe van Raf Swennen betrok een nette woning in de Plantenstaat, niet ver van de Heilig-Hartkerk. Toen Lies aanbelde, begon het weer licht te sneeuwen. Terwijl ze wachtte tot er werd opengemaakt, sloeg ze haar ogen op en keek naar de grijze hemel. Plotseling deed een vrouw van middelbare leeftijd de deur op een kier en keek haar argwanend aan. Lies schrok.

'Mijn naam is Lies Rutten. Mag ik even binnenkomen? Ik kom in verband met uw man', voegde ze er haastig aan toe toen mevrouw Swennen de deur wilde dichtdoen.

'Bent u van de bibliotheek?'

'Nee', zei Lies. 'Ik werk bij de politie.'

Dat had ze eigenlijk onmiddellijk moeten zeggen, want de vrouw liet haar met een knikje binnen. Het interieur van de woonkamer paste perfect bij het beeld dat ze zich van Raf Swennen had gemaakt. Het was modern en toch gezellig. Bij de open haard stonden twee gemakkelijke stoelen, met hun rug naar de televisie gekeerd.

'Ik heb de leiding van het onderzoek in verband met...'

Lies aarzelde. De moord op uw man vond ze zo luguber klinken.

'Mijn naam is Kaat', zei mevrouw Swennen. 'Wat kan ik voor u doen?'

Diep verdriet laat zich niet meten in tranen of geweeklaag, het nestelt zich in het binnenste van een mens. Verdriet is als een ingegroeide nagel, het zadelt de rouwenden op met een zeurende pijn, waaraan je went, maar die zelden helemaal verdwijnt. Mevrouw Swennen had verdriet en ze wist dat ze die pijn haar hele leven met zich mee zou dragen. Lies keek rond in de kamer. Ze wist niet goed hoe ze moest beginnen.

'Uw man was archivaris', zei ze. 'En oriëntalist. Ik vraag me af of hij...'

'Zal ik u zijn studeerkamer laten zien?'

Kaat Swennen slofte naar de gang en ging Lies voor naar de studeerkamer achter in het huis. Ze duwde de deur open, maar zette zelf een stapje achteruit.

'Gaat u gerust uw gang, mevrouw Rutten. Ik zet ondertussen een kopje koffie.'

'U vindt het dus niet erg dat ik rondneus?'

'Ik neem aan dat u iemand op het spoor bent', zei Kaat Swennen. 'Wat voor echtgenote zou ik zijn als ik u daarbij niet zou helpen?'

Haar woorden ontroerden Lies.

'Ik zal mijn best doen', zei ze.

Raf Swennen was een ordentelijk man. De boeken in zijn boekenkast waren per onderwerp gerangschikt en dan nog eens alfabetisch. De meeste werken handelden over zijn vakgebied en over wijn, maar Lies trof er ook zeldzame eerste drukken aan van negentiende-eeuwse romans, een kleine collectie oude strips, drie mappen met krantenknipsels en twee dikke schriften met een harde kaft. Lies pakte een van de schriften uit de kast, sloeg het open en begon erin te lezen. Het was een soort dagboek waarin Swennen anekdotes had genoteerd die hem of een van zijn collega's waren overkomen en die hij in de loop der jaren had verzameld, waarschijnlijk met het idee om ze ooit in een boek te bundelen. De verhaaltjes varieerden van een vrijend stel dat hij ooit in de toiletten had betrapt tot de vraag van een slechtziende mevrouw of het soms mogelijk was dat iemand van het personeel haar iedere ochtend uit de krant kon voorlezen. Het was niet echt materiaal waaruit je een boek kon distilleren, maar toch prettig om te lezen, vooral voor degenen die nauw bij de bibliotheek betrokken waren. Net toen Lies het schrift wilde dichtklappen, viel haar oog op een naam die ze onmiddellijk herkende: Stijn Olaerts. Achter de naam stond een bedrag genoteerd en de opmerking: zoveel zal hij nooit willen betalen.

Annemie Werbrouck was achtentwintig, assistente oriëntalistiek aan de RUG en in haar vrije tijd beëdigd vertaler bij het parket. Ze was cum laude afgestudeerd en stond bekend om haar grondige kennis van het Japans. Haar zwarte haar was in halflange page geknipt, ze mat amper een meter vijfenzestig en beschikte over een alleraardigst neusje en amandelvormige ogen waardoor ze er op het eerste gezicht ook een beetje oosters uitzag. Lies ontving haar op het politiebureau en overhandigde haar de brieven nadat ze zich aan elkaar hadden voorgesteld.

'De afzender heet Hakimoto', zei Annemie Werbrouck meteen toen ze de achterkant van de envelop bekeek.

Daarna las ze de brieven.

'Meneer Hakimoto was vice-president van Domotronics, een Japans concern dat huishoudelijke apparaten produceert.'

'Was?' vroeg Lies.

'Meneer Hakimoto heeft twee jaar geleden seppoekoe gepleegd', zei Annemie Werbrouck. 'Tenminste dat blijkt uit de laatste brief die hij heeft geschreven. Een hoogst merkwaardige brief als u het mij vraagt.'

'Seppoekoe?'

'Rituele zelfmoord, mevrouw Rutten.'

Annemie Werbrouck plantte haar wijsvinger in haar onderbuik en trok die in één haal tot aan de onderkant van haar borstbeen.

'Ik wist niet dat ze dat soort dingen daar nog deden', zei Lies vol afgrijzen.

'Het komt inderdaad niet veel meer voor, maar in bepaalde omstandigheden is seppoekoe bij een bepaalde klasse van Japanners de enige manier om een ondraaglijke schande uit te wissen.'

'Dat meen je niet.'

'Er is natuurlijk nog het feit dat meneer Hakimoto ongeneeslijk ziek was op het moment dat hij zich op een rituele wijze van het leven beroofde.'

'Is dat alles?'

'Bijlange niet.'

'Kunt u in het kort zeggen waarover de andere brieven gaan?' vroeg Lies.

'Corruptie', zei Annemie Werbrouck. 'Als dit de pers haalt, davert Limburg op zijn grondvesten.'

'Goeienavond, meneer Verdonk. Mag ik even binnenkomen?'

De oude man droeg een geruite kamerjas en leren muiltjes. Hij knikte, zette een stapje achteruit en liet de politievrouw binnen. In de woonkamer dreef een heerlijke braadlucht. Het echtpaar had net gegeten. De borden stonden nog op tafel.

'Gaat u zitten, mevrouw Rutten.'

De lepel waarmee Lisette het toetje aan het opscheppen was, kletterde op de vloer. Het is zover, dacht ze.

'Ik wilde u nog een paar vragen stellen, meneer Verdonk', zei Lies. 'In verband met...'

Nog voor ze de zin kon afmaken, kwam mevrouw Verdonk uit de keuken. Er lag een vastberaden trek op haar lippen.

'Mijn man zal je alles vertellen', zei ze. 'Ik wil niet dat er nog doden vallen.'

Meneer Verdonk knikte. Hij ging recht tegenover Lies zitten en vouwde zijn handen.

'Lisette heeft gelijk', zei hij berustend. 'We hebben veel te lang gezwegen.'

De oude man kreeg een prop in zijn keel en zijn ogen werden vochtig. In gedachte zag hij een meisje van een jaar of acht, een onschuldig kind dat op school trots verkondigde dat haar vader minister van Financiën was.

'Stijn Olaerts heeft ons destijds enkele keren aangeschreven, met de vraag of we hem wilden helpen in zijn strijd tegen Schepers. Ik vind het jammer dat we daar nooit op zijn ingegaan.'

'En?' vroeg Nelissen toen Lies vijfendertig minuten later naast hem kwam zitten in Kaffee het Schaap.

'Ik denk dat de zaak rond is. Tenminste als jij je werk goed hebt gedaan.'

Ze had Nelissen de opdracht gegeven navraag te doen bij een bevriende ambtenaar van de GIM in verband met de 'zwarte' uitgaven van voorzitter Schepers.

'Als je het mij vraagt, hangt hij', zei Nelissen.

Hij haalde een bundeltje fotokopieën van bankafschriften uit zijn binnenzak en overhandigde ze haar. Lies knikte.

'Stijn Olaerts heeft het echtpaar Verdonk destijds benaderd in verband met de moord op hun dochter. Meer verklap ik voorlopig niet. Ik moet dringend de onderzoeksrechter bellen.'

'Ik hoop dat u over een goede reden beschikt om hier zomaar binnen te vallen, mevrouw Rutten.'

'De beste', lachte Lies gemeen.

Ze liet Schepers het bevel tot huiszoeking zien dat de onderzoeksrechter een halfuur geleden had ondertekend en stapte kordaat naar binnen.

Rob Schepers trok wit weg, liep naar de telefoon en toetste woedend een nummer in.

'Hallo, met meester Bielen...'

'Ik ben ervan overtuigd dat u straks een advocaat nodig zult hebben, meneer Schepers', zei Lies toen het gesprek na vijf minuten afgelopen was. 'Maar voorlopig kan meester Bielen niet veel voor u doen. Dat zal hij u wel verteld hebben.'

'U kunt me niets maken', zei Schepers verbeten. 'Langer dan vierentwintig uur kunt u mij niet vasthouden.'

'Dat zien we nog wel.'

Ze gaf Nelissen en nog vier andere collega's met een hoofdbeweging te kennen dat ze aan de slag konden gaan.

'Ik heb vandaag een aantal interessante dingen over u vernomen, meneer Schepers. Kunnen we ergens rustig praten of verkiest u het verhoor staande te doen? Kunt u alvast wennen aan de beklaagdenbank.'

Uit de brieven van meneer Hakimoto bleek dat Schepers hem destijds in de val had gelokt. Tijdens de seksorgie in Brasschaat had hij foto's laten maken van meneer Hakimoto en Anja Verdonk, foto's die hij nadien gebruikt had om meneer Hakimoto en zijn bedrijf op andere ideeën te brengen. Hij had er zelfs mee gedreigd de identiteit van meneer Hakimoto prijs te geven als de politie hem zou ondervragen, waardoor meneer Hakimoto in een bijzonder lastig parket terechtgekomen zou zijn, want bij de autopsie was gebleken dat Anja net voor ze vermoord werd seksueel contact had gehad, met een oosterling. Dat bleek uit het onderzoek van een paar mannelijke schaamharen die op het slachtoffer waren aangetroffen.

'Als ik u was zou ik niet zo hard van stapel lopen, mevrouw Rutten. Ik beschik namelijk over...'

'De foto's kunnen me geen barst schelen, Schepers.'

'Dan hebt u er ook geen bezwaar tegen dat ik ze in een of ander blad laat publiceren?'

'Wat ik vroeger heb gedaan, gaat niemand aan', zei Lies scherp.

'Wees dan consequent. Als u niet in mijn verleden graaft, laat ik u met rust.'

'Mij met rust laten. Toen u er destijds lucht van kreeg dat ik bij de politie van Hasselt solliceerde, hebt u er alles aan gedaan om mijn kandidatuur te dwarsbomen. Waarschijnlijk wist u toen al dat ik een tijdje met Anja Verdonk ben opgetrokken en wilde u vermijden dat ik alsnog achter de waarheid zou komen. Hoe u de fotograaf op het spoor bent gekomen is mij een raadsel, maar wat ik wel weet is dat u de foto's hebt gekocht, voor het geval ik lastige vragen zou stellen.'

'Dan zult u vanaf volgende week naar een andere baan moeten uitkijken, mevrouw Rutten.'

Schepers grijnsde gemeen. Lies haalde haar schouders op.

Plotseling mengde Nelissen zich in het gesprek.

'Ik vrees dat u zich vergist, meneer Schepers. Uw zoon heeft de foto's en de negatieven een tijdje geleden uit uw brandkast ontvreemd. Naar verluidt heeft hij ze geruild voor een portie XTC. Zegt de naam Jeroen De Vlaeminck u iets? Pienter kereltje. Net als zijn vader trouwens. Hij was van plan om er een handeltje mee op te zetten.'

Nelissen glimlachte toen zowel Schepers als Lies hem verbijsterd aankeken. Hij was niet weinig trots dat hij de laatste stukjes van de puzzel in elkaar had gelegd.

De vader van Stijn Olaerts had een hartinfarct gefingeerd om te vermijden dat zijn broodheer in de nesten zou raken, want op een van de posters die de kamer van zijn zoon sierde, stond niet alleen een meisje afgebeeld dat vijftien jaar geleden op een gruwelijke wijze was vermoord nadat ze op een seksfuif had gefigureerd die Schepers had georganiseerd, maar ook – en dat tot zijn grote ontsteltenis – de politievrouw die belast was met het onderzoek naar de dood van zijn zoon. Het werd allemaal nog duidelijker toen een bevriende ambtenaar van de GIM tijdens een informeel gesprek onomwonden had toegegeven dat de vader van Stijn Olaerts een extralegale bonus van vijftienduizend frank per maand werd uitbetaald ondanks het feit dat hij met pensioen was.

'Als ik u zo bezig hoor, heb ik de indruk dat u alle Hasseltse notabelen voor de rechter wilt brengen', zei Schepers. 'Hebt u zich al eens gerealiseerd welke gevolgen uw actie zal hebben?'

'Als zou blijken dat de Hasseltse notabelen moordenaars en oplichters zijn, zal ik dat ook doen.'

'Moordenaars en oplichters. Gaat u nu niet wat te ver?'

Raf Swennen ging ook niet vrijuit, het echtpaar Verdonk evenmin, omdat ook zij wisten wat er destijds gebeurd was en ze dat niet hadden gemeld aan de autoriteiten. Raf Swennen had zijn plicht verzuimd omdat hij bang was dat een rechtszaak tegen Schepers zijn goed georganiseerde leventje in de war zou sturen, de ouders van Anja omdat ze niets meer met hun verlopen dochter te maken wilden hebben. Raf had het allemaal in zijn dagboek genoteerd. De hele affaire was nieuw leven ingeblazen toen Stijn Olaerts op een regenachtige dag uit pure verveling de bibliotheek was binnengevlucht en daar om de tijd te doden oude kranten uit het archief had opgevraagd en hij in *Het Laatste Nieuws* een foto van Anja had gezien, het meisje op de poster. Hij had meteen contact opgenomen met de ouders van Anja, en die hadden hem naar Swennen doorverwezen, met wie ze goed bevriend waren. Was het wroeging die Raf Swennen had doen besluiten Olaerts in vertrouwen te nemen? Niemand zou het ooit nog te weten komen, maar het was zo goed als zeker dat hij een plan had bedacht om Schepers ten val te brengen. Zelf kon of wilde hij het bezwarend bewijsmateriaal tegen Schepers dat hij jarenlang verborgen had gehouden, niet aan de oppervlakte brengen. Een student die een scriptie voorbereidde kon dat wel, dus had Swennen Olaerts ervan overtuigd een officiële aanvraag in te dienen, een aanvraag die hij zelf had opgesteld omdat Olaerts niet over een typemachine beschikte. Op die manier bleef hij zelf buiten schot en willigde hij ook de laatste wens in van meneer Hakimoto.

'Blijft natuurlijk de vraag waarom Swennen u de brieven van meneer Hakimoto niet heeft overhandigd toen u hem met de dood bedreigde', zei Lies.

'Ik weet niet waar u op doelt, mevrouw Rutten.'

Lies glimlachte, sloeg de klep van haar handtas om, haalde er een schrift uit met een kartonnen kaft en sloeg het open.

'Stijn gaat niet akkoord met mijn voorstel om de brieven alleen maar te publiceren. Hij heeft geld nodig voor zichzelf en voor Helena, die iedere dag twee shots nodig heeft. Hoewel ik het hem heb afgeraden, heeft hij contact opgenomen met Schepers. Ze ontmoeten elkaar morgen aan de Kolenkaai. Ik hoop dat alles goed afloopt. Benieuwd hoe de Verdonks hierop zullen reageren.'

'Een beetje advocaat maakt brandhout van dat soort aantijgingen', lachte Schepers. 'Dat moet u toch weten, mevrouw de hoofdinspecteur.'

'Ik ben nog niet klaar', zei Lies.

Ze sloeg het schrift open op de voorlaatste pagina en las hem nog een passage voor.

'Vanavond ontmoet ik Schepers in de bibliotheek. Stijn had gelijk. Mensen als Schepers moet je treffen in hun dierbaarste bezit: geld.'

Het kon haast niet anders of Swennen had zich bedacht en op zijn beurt een poging ondernomen om Schepers te chanteren. Waarschijnlijk waren ze het in de bibliotheek niet eens geworden over het te betalen bedrag en had Schepers Swennen vermoord in de veronderstelling dat de brieven nooit meer boven water zouden komen. Of het was gegaan zoals Nelissen had gesuggereerd. Swennen had de bergplaats van de brieven prijsgegeven toen

Schepers hem tussen de rekken dreigde te verpletteren maar Schepers was er niet in geslaagd ze dezelfde avond nog te recupereren.

'Dat zul je dan ook moeten bewijzen', zei Schepers.

Lies knikte. Technisch gezien moest het mogelijk zijn om aan te tonen dat Schepers Stijn Olaerts en Raf Swennen had vermoord. Dat hij Helena Bijnens tot zelfmoord had aangezet, was een kwestie die de rechter moest beoordelen.

'U bent nog één ding vergeten, meneer Schepers', zei ze toen Nelissen haar met een knipoog te kennen gaf dat de huiszoeking resultaten had opgeleverd.

'O ja?'

Een agent overhandigde Lies een paarse map. Ze bevatte twee brieven en een kaartje waarop de naam en het telefoonnummer van een Zwitserse bank stonden vermeld. Boven aan het kaartje stond een getal van vier cijfers, waarschijnlijk een codenummer dat toegang gaf tot een geheime rekening.

'Zal ik ze bellen of doe jij het, Rudi?'

'Jullie hebben het recht niet.'

Schepers kromde zijn rug als een roofdier en stortte zich op Lies. Hij werd in zijn aanval gestuit door Nelissen, die hem stevig vastgreep en hem de boeien aanlegde. Terwijl Nelissen de voorzitter van de raad van bestuur van de GIM in bedwang hield, las Lies een passage voor uit een van de brieven van meneer Hakimoto.

'Zeer geachte vriend,

Schepers was door een Nederlands elektronicaconcern vijfentwintig miljoen Belgische frank beloofd als hij kon verhinderen dat er een vestiging van Domotronics in Limburg kwam. De seksfuif in Brasschaat was alleen bedoeld om mij in een kwaad daglicht te stellen. De moord op Anja Verdonk was daar het logische gevolg van. Schepers heeft haar uit de weg laten ruimen. Als ik niet deed wat hij van mij verlangde, zou hij me voor de moord op het meisje laten opdraaien. Het spijt me vreselijk dat ik de waarheid al die tijd heb verzwegen, en ik smeek je ootmoedig me daarvoor bij de ouders van het slachtoffer te verontschuldigen en recht te laten geschieden als dat nog enigszins kan.

Met eerbiedige groeten,

Tanako Hakimoto'

'Jij vuile teef', schreeuwde Schepers.

'Breng hem weg, Rudi.'

Nelissen ging in de houding staan en tikte zijn pet aan.

'Ik ben trots op je', zei hij.

'Dank je, Rudi.'

Nelissen knikte.

'Doe me dan een plezier', zei hij.

'Je zegt het maar.'

'Morgen is het Kerstmis, Lies. Meld Wim het blijde nieuws.'

'Dat heb ik al gedaan.'

Nelissen pakte Schepers bij de arm en duwde hem onzacht voor zich uit. Vanavond zou hij de foto's en de negatieven verbranden die hij bij De Vlaeminck in beslag had genomen. Dat hij daarvoor een verwend rijkeluiszoontje met een speelgoedpistool had bedreigd, nam hij er graag bij.

Van PIETER ASPE
zijn bij dezelfde uitgever verschenen:

Het vierkant van de wraak
De Midasmoorden
De kinderen van Chronos
De vierde gestalte
Het Dreyse-incident
Blauw bloed
Dood tij
Zoenoffer
Vagevuur
De vijfde macht
Onder valse vlag
Pandora
13
Tango
Onvoltooid verleden
Casino
Ontmaskerd
Zonder spijt
Alibi
Rebus
Op drift
De zevende kamer

Grof wild

KORTINGSBON

(uitsluitend voor België – voor Nederland zie achterzijde)

Korting: 4 euro
Korting op alle thrillers van Pieter Aspe (uitgezonderd *Bankroet*)
Geldig van 15/10/2008 - 31/3/2009

- ✂

BON van 4 EURO op de adviesprijs van € 19,95 (vanaf 1/1/2009 € 21,95) – geldig bij aankoop van een thriller van Pieter Aspe (met uitzondering van *Bankroet*)

naam ....

adres ....

postcode .... te ....

Uitsluitend inwisselbaar bij de erkende boekhandel.
Verantwoordelijke uitgever: Standaard Uitgeverij,
Mechelsesteenweg 203 – 2018 Antwerpen

Bericht aan de boekhandelaar
Deze bon is inwisselbaar uitsluitend bij aankoop van de vermelde titels. De bonnen dienen teruggestuurd te worden voor controle en verrekening via
VBB-bonnenclearing – Te Boelaerlei 37 – 2140 BORGERHOUT.
Niet cumuleerbaar met andere kortingen.

WB 627: JAPANSE TUIN

2 901000 562704

Actienummer 598-08-43
Geldigheidsduur:
van 15/10/2008 tot 31/3/2009

KORTINGSBON

(uitsluitend voor Nederland – voor België zie achterzijde)

Tegen inlevering van deze bon krijgt u het boek *Bankroet* van Pieter Aspe met € 4,- korting! U betaalt € 17,50 in plaats van € 21,50.
Deze actie loopt van 1 oktober 2008 t/m 31 december 2008.

Bankroet
Pieter Aspe
Standaard Uitgeverij
ISBN 978 90 223 2248 2

U kunt deze bon inleveren bij de boekhandel en het warenhuis. Actienummer **90-55154**.